Der Zauberer von Breslau

Rafał Dutkiewicz

im Gespräch mit

Małgorzata Urlich-Kornacka

Mit herzlichen Grüßen

aus Breslau/Wrocław

Rafał Dutkiewicz

Senfkorn Verlag Alfred Theisen, Görlitz 2021

Lektorat: Simone Effenberger, Thomas Maruck

Graphik und Produktion:
Verlag „AD REM", Hirschberg/Jelenia Góra, www.adrem.jgora.pl

ISBN: 978-3-935330-95-4

Der Zauberer von Breslau

Rafał Dutkiewicz

Breslauer Oberbürgermeister
von 2002 bis 2018

im Gespräch mit
Małgorzata Urlich-Kornacka

SENFKORN

Das Oberbürgermeisterpaar: Anna und Rafał Dutkiewicz auf einem karitativen Ball in der Jahrhunderthalle (Foto: Maciej Kulczyński)

Für meine Ehefrau Anna

Rafał Dutkiewicz

Rafał Dutkiewicz vor dem Breslauer Rathaus, 2021
(*Foto: Maciej Kulczyński*)

Vorwort

Dr. Rafał Dutkiewicz war von 2002 bis 2018 Oberbürgermeister von Breslau. In diesen Jahren seiner Amtszeit erlebte die niederschlesische Hauptstadt einen atemberaubenden wirtschaftlichen, zivilisatorischen und kulturellen Aufschwung zu einer der blühendsten Metropolen nicht nur Polens, sondern ganz Europas. Seine historischen Verdienste um Breslau, um die europäische Integration und die deutsch-polnische Verständigung wurden in Deutschland unter anderem mit dem Erich-Kästner-Preis und dem Deutschen Nationalpreis gewürdigt, mit dem zuvor zum Beispiel Tadeusz Mazowiecki, Václav Havel, Fritz Stern, Erzbischof Alfons Nossol oder Anita Lasker-Wallfisch ausgezeichnet wurden. Am 14. November 2019 sprach er im Deutschen Bundestag zum Volkstrauertag.

Im Gespräch mit Małgorzata Urlich-Kornacka gibt Dr. Rafał Dutkiewicz in diesem Buch Auskunft über seine Kindheit, seinen Werdegang und natürlich über seine Breslauer Jahre mit den schönsten Momenten, bewegenden Begegnungen, aber auch schwierigsten Herausforderungen in seiner langen Amtszeit als Oberbürgermeister. Er berichtet über seinen Weg nach Breslau, den abenteuerlichen Einsatz in der Solidarność-Bewegung, seine Erfahrungen in Deutschland.

Viele Schlaglichter der Entwicklung Breslaus von der unbekannten Provinzstadt zur bewunderten „Blume Europas" (Norman Davies) werden mit interessanten Hintergrundinformationen in Erinnerung gerufen. Unter die Schilderung kurzweiliger Erlebnisse aus dem privaten und öffentlichen Leben mischen sich profunde Erfahrungen und Haltungen eines erfolgreichen politischen Gestalters, die das Buch zu einer lesenswerten Lektüre nicht nur für Liebhaber Breslaus, Schlesiens und Polens machen, sondern auch für jeden politisch engagierten Bürger.

Alfred Theisen

Deutscher Nationalpreis für Rafał Dutkiewicz am 13. Juni 2017

Laudatio von Prof. Klaus-Dieter Lehmann,
damaliger Präsident des Goethe-Instituts

Ende Januar 1945 verließ ich mit meiner Mutter als Vierjähriger meine Geburtsstadt Breslau. Nur dem Umstand, dass mein Großvater Lokführer war und uns ohne Erlaubnis mit dem bis zum Bersten überfüllten Zug nach Westen fuhr, verdankten wir die rettende Flucht. Bis dahin war die schlesische Metropole mit ihren 600.000 Einwohnern weitgehend unversehrt geblieben. Inzwischen war sie aber für die Bomberstaffeln der Alliierten erreichbar und das Leben vollzog sich nun zwischen Luftschutzkellern und kurzen Aufenthalten in der Wohnung. Breslau stand in Flammen. Der Ring der Roten Armee schloss sich um die zur Festung erklärte Stadt. Die Stadt und ihre Menschen waren zum Tod verurteilt. Zu Kriegsende gehörte sie – vergleichsweise mit Dresden – zu den im Krieg am meisten zerstörten Städten. Viele starben auf der viel zu späten Flucht in einem bitterkalten Winter, Zigtausende fielen während der Belagerung, die restlichen 200.000 Menschen wurden von den polnischen Behörden vertrieben.

Über Jahrhunderte lebten hier Deutsche, Polen und Juden gemeinsam unter wechselnder Herrschaft. Breslau war im frühen Mittelalter polnisch, später böhmisch, österreichisch, preußisch, dann reichsdeutsch. In den letzten Jahrhunderten war es eine deutsche Stadt. Jetzt wurde aus Breslau Wrocław, in die Ruinenstadt zogen Polen aus Ost- und Zentralpolen, eine überwiegend dörfliche Bevölkerung. Viele Neubreslauer saßen jahrelang unruhig auf gepackten Koffern, weil sie das Gefühl der Vorläufigkeit hatten und dem Beschluss der Siegermächte nicht trauten.

Heute – mehr als 70 Jahre nach Kriegsende – ist Breslau wieder eine blühende Stadt. Mit 650.000 Einwohnern, davon 140.000 Studen-

9

Der Breslauer Oberbürgermeister Rafał Dutkiewicz mit der Urkunde des Deutschen Nationalpreises, 2017 (Foto aus dem Archiv des Oberbürgermeisters)

ten, ist sie die viertgrößte polnische Stadt und die Nummer zwei als Wirtschaftsstandort. Die alte Stadt mit einer jungen Bevölkerung hat Zukunft. Ihre Lage – genau in der Mitte zwischen Warschau und Berlin gelegen – hilft ihr sowohl in der wirtschaftlichen als auch in der kulturellen Entwicklung. 2016 gestaltete sie erfolgreich das Jahr als Europäische Kulturhauptstadt.

Es war auch das Jahr, in dem auch ein Vierteljahrhundert „Unterzeichnung des Vertrags über gute Nachbarschaft und freundschaftliche Zusammenarbeit von Polen und Deutschland" gefeiert werden konnte. Angesichts der an dunklen Kapiteln nicht armen deutsch-polnischen Vergangenheit ist das keine Selbstverständlichkeit. Gerade die stärker werdenden nationalistischen Tendenzen der derzeitigen polnischen Regierungspolitik sorgen für Verunsicherungen. Es sollte uns deshalb ein besonderer Ansporn sein, den kostbaren Schatz unserer guten Beziehungen auch in der Zukunft zu hüten und zu pflegen und uns auch durch aktuelle Entwicklungen nicht irritieren zu lassen. Die deutsch-polnischen Beziehungen sind für beide Seiten von herausgehobener Bedeutung und die vertraglichen Regelungen sehen dichte Konsultationen vor, die ein gutes Fundament bieten können.

Allein im Jahr 2016 gab es über 200 hochrangige Treffen auf Regierungsebene. Der letzte bilaterale Besuch der Bundeskanzlerin in Warschau im Februar 2017 fand in Polen große Beachtung. Und es gehört zu den Selbstverständlichkeiten, dass die jeweiligen Außenminister wenige Tage nach ihrem Amtsantritt ihren offiziellen Besuch im Nachbarland machten. Deutsch-Polnisches Jugendwerk, Städtepartnerschaften und Zusammenarbeit zwischen Bundesländern und Woiwodschaften eröffnen Chancen für Begegnungen und Erfahrungsaustausch. Sie zu nutzen ist essentiell, denn bloße Nachbarschaft ist kein Wert an sich, Nachbarschaft will gepflegt werden. Verträge werden dann mit Leben erfüllt, wenn Menschen sich für eine vitale Ausgestaltung einsetzen, Prozesse in Gang setzen, Begegnungen und Dialoge ermöglichen, Grenzen nicht als Barrieren, sondern als Übergänge sehen und durch Pragmatismus Gemeinsamkeiten schaffen.

Ein solcher Brückenbauer für die deutsch-polnischen Beziehungen mit der gleichzeitigen Einbettung beider Länder in ein offenes Europa ist Rafał Dutkiewicz. Besonders als Stadtpräsident von Wrocław hat er sich seit 2002 durch vielfältige Initiativen und Entscheidungen für die Erinnerung an die unterschiedlichen Facetten der Stadtgeschichte mit einer eigenen Identität und einer europäischen Zukunft eingesetzt. Er ist der erste Stadtpräsident, der 2002 in direkter Wahl sein Mandat erhielt. Im November 2014 erhielt er das Vertrauen der Bevölkerung zum vierten Mal in Folge mit jeweils beeindruckender Mehrheit.

Als Dutkiewicz sein politisches Engagement begann, ging es noch darum, der Demokratie in seinem Heimatland Polen zum Durchbruch zu verhelfen. Der promovierte Mathematiker und Philosoph war während der 1980er Jahre im Untergrund der Breslauer Oppositionsbewegung aktiv. 1989 war er Sekretär des Bürgerkomitees

Solidarność und 1990 dessen Vorsitzender. So trug er schon früh zu den Entwicklungen bei, in deren Folge 1989 auch die Berliner Mauer fallen sollte. Als Stipendiat des Katholischen Akademischen Austauschdienstes studierte er 1990 ein Jahr in Freiburg. Die damals geschlossenen Freundschaften wirken bis heute fort. Sein Deutsch ist übrigens hervorragend.

Für Dutkiewicz ist der Brief der katholischen Bischöfe in Polen, unter dem Vorsitz von Kardinal Bolesław Kominek, an die deutsche Bischofskonferenz im Jahre 1965 eine Leitlinie für Versöhnung. Zwei Sätze will ich daraus zitieren: „Wir (...) gewähren Vergebung und bitten um Vergebung". Zu der damaligen Zeit war eine solche Position eine Sensation. Damit begann die deutsch-polnische Aussöhnung. Schon 1962 verfassten deutsche Protestanten, unter ihnen von Weizsäcker, im Tübinger Memorandum einen Aufruf zur Anerkennung der Oder-Neiße-Grenze, 1968 erschien die Denkschrift namhafter deutscher Katholiken. Wir alle erinnern uns an das Bild vom Kniefall von Willy Brandt 1970 vor dem Ghetto-Denkmal in Warschau, in dessen Kontext es auch um die Anerkennung der Westgrenze Polens ging. Aber erst 1990 kam es zur Unterzeichnung des Grenzvertrages zwischen dem vereinigten Deutschland und Polen. Der zweite Satz aus dem Hirtenbrief betrifft unsere europäische Zukunft, sehr hellsichtig formuliert und von Dutkiewicz immer wieder zitiert: „Europa ist die Zukunft. Nationalismen sind von gestern." Anlässlich des 40. Jahrestages des Hirtenbriefes wurde 2005 in Wrocław/Breslau durch die Initiative von Dutkiewicz ein Denkmal von Kardinal Kominek enthüllt und 2015 entstand eine Ausstellung „Verzeihung und Versöhnung. Kardinal Kominek. Der unbekannte Vater Europas". Sie wird bis 2017 in Rom, Berlin, Breslau und Brüssel gezeigt.

Rafał Dutkiewicz glaubt an die Zukunft der Erinnerung. Deshalb hat er auch im Gegensatz zu der polnischen Politik der Nationalisten und Kommunisten, die in einer waghalsigen und rabiaten Polonisierung alles ausgelöscht und tabuisiert haben, was nicht in das Bild einer ethnisch legitimierten Kontinuität passte, die Geschichte Breslaus als Ganzes angenommen und trennt sie nicht nach Nationen. Die Einseitigkeiten, Unterschlagungen und Verfälschungen einer propagandistischen „Entdeutschung" konnten nicht zur gewünschten Le-

12

gitimität führen, sondern förderten ein schizophrenes Verhältnis zu Vergangenheit und Gegenwart.

Breslau sei eine offene Stadt, die allen gehören solle, die dort gewohnt haben, sagte Dutkiewicz unlängst in einem Interview im Deutschlandradio Kultur. Diese Offenheit müsse bewusst erlebt werden. Erst seit der Zeit der Solidarność-Bewegung habe man begonnen, die Geschichte der Stadt mit all ihren Facetten und ihren zeitlichen Schichten zu akzeptieren und daraus eine eigene Identität abzuleiten. Auch der EU-Beitritt Polens 2004 sei ein wichtiger Schritt in diesem Prozess gewesen.

Solchen und ähnlichen Aussagen folgen auch konkrete Handlungen. So wurde unter Dutkiewicz' Präsidentschaft 2008 auf dem ehemaligen Friedhofsgelände des Breslauer Grabiszyński-Parks das „Denkmal des gemeinsamen Gedenkens" eröffnet. Es erinnert an Breslauer, deren Gräber nach 1945 beseitigt wurden. Etwa ein Dutzend von der Stadt Wrocław zurückgekaufte Grabsteine der vernichteten Friedhöfe repräsentieren in diesem 60 Meter breiten Denkmal gemeinsam die katholischen, evangelischen, kommunalen und jüdischen Friedhöfe des alten Breslau. Es ist auch für mich ein Ort des Gedenkens geworden.

2010 wurde die Restaurierung der 1829 eröffneten Synagoge zum Weißen Storch erfolgreich abgeschlossen, als Ort für offene Begegnungen, Toleranz und interkulturellen Dialog. 2011 konnte die von Max Berg 1913 fertiggestellte Jahrhunderthalle wieder vollkommen renoviert werden. Zur Würdigung Breslauer Architekten, wie Heinrich Lauterbach, Ernst May, Hans Poelzig, Max Berg und Hans Scharoun, wurden gegen nationalistische Stimmen Straßen in Breslau nach ihnen benannt. Zur Erinnerung an den in Breslau geborenen Fritz Stern rief der Stadtpräsident 2009 mit Unterstützung der ZEIT-Stiftung die Fritz-Stern-Professur ins Leben. Die Beispiele seiner Initiativen lassen sich fortsetzen.

Unter den vielfältigen Initiativen verdient vor allem die erfolgreiche Bewerbung um den Titel der Europäischen Kulturhauptstadt 2016 eine besondere Hervorhebung. Die deutsch-polnische Annäherung nahm dabei eine zentrale Rolle neben der europäischen Dimension ein. Die Stadt zeigte ihre kulturelle Vielfalt und Qualität in beeindruckender Weise über ein ganzes Jahr. Dazu gehörte auch die Wiederbelebung der Bahnstrecke Berlin-Breslau mit einem speziellen Kulturzug, den mehr als 20.000 Fahrgäste an den Wochenenden nutzten. Fünf Stunden zuckelte er gemächlich durch die schlesische Landschaft, ein Kulturprogramm sorgte für Kurzweil während der Fahrt. Wenn ich mir nach dieser Erfahrung etwas wünschen dürfte, dann wäre es eine ständige Schnellverbindung zwischen Breslau und Berlin, zwei Stunden mit dem ICE. So wie Breslau im 19. und frühen 20. Jahrhundert Berlin mit seinen Ideen und Menschen bereichert hat, so könnten heute die Beziehungen durch das polnische Breslau belebt und inspiriert werden.

Auch die Zusammenarbeit mit dem Goethe-Institut war ein großer Gewinn für beide Seiten. Gemeinsam mit dem Stadtpräsidenten konnte ich das vielfältige Kulturprogramm mit deutlich europäischer Akzentuierung am 17. Juni 2016 eröffnen. Drei Monate lang war der Glaspavillon am Neumarkt eine großartige Attraktion für das Publikum. Man spürte, die begrenzte Zeit als Europäische Kulturhauptstadt öffnete den Blick für mehr und andauernde Beziehungen.

Überhaupt beruht der Kultur- und Bildungsaustausch zwischen beiden Ländern auf einem dichten Netzwerk zivilgesellschaftlicher Einrichtungen. Es ist im deutsch-polnischen Kulturabkommen explizit festgelegt und abgesichert. Nirgendwo in der Welt lernen so viele Menschen Deutsch wie in Polen. Allein über zwei Millionen Schülerinnen und Schüler lernen Deutsch. 108 polnische Schulen sind Partnerschulen Deutschlands. Der DAAD hat bis 2015 mehr als 70.000 polnische und 27.000 deutsche Wissenschaftler gefördert. Diese Bemühungen tragen auch in Breslau sichtbar Früchte, zum Beispiel mit der blühenden Germanistik der Breslauer Universität oder in den zahlreichen Schulen, an denen Deutsch unterrichtet wird. Die Nationalstiftung hat seit 2002 das Jugendprojekt „Schulbrücken" für polnische, französische und deutsche Schülerinnen und Schüler gefördert. Das 2002 in Wrocław gegründete Willy-Brandt-Zentrum ist eine der wichtigsten Forschungseinrichtungen zu Deutschland in Polen.

Die Verleihung des Deutschen Nationalpreises fand am 13. Juni 2017 in der Französischen Friedrichstadtkirche in Berlin statt. Unter den geladenen Gästen waren Gremienmitglieder der Deutschen Nationalstiftung, darunter die ehemaligen Bundespräsidenten Joachim Gauck und Horst Köhler, der Staatssekretär des Bundespräsidenten Frank-Walter Steinmeier – Stephan Steinlein, die ehemalige Bundestagspräsidentin Prof. Rita Süssmuth, Dr. Lothar Dittmer, weitere Vertreter der Wirtschaft, Politik, Medien und Gesellschaft
(*Foto aus dem Archiv des Oberbürgermeisters*)

Viele deutsche Unternehmen sind bereits in und um Wrocław ansässig. Unter Stadtpräsident Dutkiewicz begann ein reger Austausch zwischen dem Abgeordnetenhaus von Berlin und dem Stadtrat von Wrocław. Auch die Städtepartnerschaften zu Wiesbaden und Dresden erfüllt er mit Leben. Ein intensiver Austausch ist zudem mit der Stadt Oldenburg in diesem Jahr geplant, wohin viele Vertriebene aus Breslau und dem niederschlesischen Umland nach dem Zweiten Weltkrieg zogen. Überhaupt wurde Rafał Dutkiewicz für sein vielseitiges Engagement mehrfach ausgezeichnet, mit hohen polnischen Orden 2006 und 2009, mit belgischen, italienischen, schwedischen und französischen Ehrungen.

Für mich bedeutet es viel, dass ich die Laudatio anlässlich der Verleihung des Deutschen Nationalpreises halten darf. Es ist ein großer Bogen von der Flucht des kleinen Jungen aus Breslau zu der erlebten

Versöhnung mit Wrocław. Die fremde Stadt ist mir wieder vertraut, durch Geschichten, Erinnerungen und Begegnungen, zur Universität als Mitglied der Deutsch-Polnischen Gesellschaft der Universität Wrocław, zu den Museen über Maciej Łagiewski, dem Direktor des Städtischen Museums, den ich noch zu meiner Zeit als Präsident der Stiftung Preußischer Kulturbesitz mit Leihgaben für seine großartige Dauerausstellung „1000 Jahre Breslau" im renovierten preußischen Königsschloss unterstützen konnte – zunächst eine geschichtspolitische Provokation, die aber vom gewachsenen Selbstbewusstsein zeugt – zur neuen jüdischen Gemeinde, die als Teil der eigenen Stadtgeschichte jetzt noch einmal in der bewegenden Filmdokumentation „Wir sind Juden aus Breslau" in Erinnerung ruft, welch bedeutendes Zentrum des jüdischen Lebens Breslau war, mit Namen wie Alfred Kerr, Paul Cassirer, Fritz Haber, Ignatz Bubis oder Fritz Stern, der erst vor kurzem in New York gestorben ist und mit dem ich viel über Deutschland und auch über Breslau sprechen konnte. Die Deutsche Nationalstiftung hat 2005 die Fritz-Stern-Kurzzeitstipendien für junge polnische und deutsche Historikerinnen und Historiker eingerichtet und seitdem mit 75.000 Euro unterstützt.

Es ist eine wichtige Erfahrung, dass die mentalen und sozialen Prozesse einer solchen dramatischen Veränderung in der Folge des Zweiten Weltkrieges nicht durch Geschichtsklitterung, sondern nur durch Offenheit und Verantwortung gelöst werden können. Es ist nicht Symbolpolitik, was in Breslau geschehen ist, es ist Realität, dass man sich zur Geschichte in ihren verschiedenen Zugehörigkeiten als gemeinsame Überlieferung bekennt. Es ist entscheidend, dass Menschen sich dieser Verantwortung stellen und der Erinnerung eine Zukunft geben. Rafał Dutkiewicz ist einer davon. Und er hat die Souveränität, die komplizierte und wechselhafte Geschichte anzuerkennen und durch praktisches Handeln zu vermitteln. Er ist mir durch die enge Zusammenarbeit der letzten Jahre ein enger Weggefährte geworden, sowohl für die deutsch-polnischen Beziehungen als auch im politischen Verständnis für ein zukunftsfähiges Europa. Ich gratuliere herzlich zum Deutschen Nationalpreis!

Rafał Dutkiewicz

im Gespräch

WIE AUF EINER THERAPIE FÜR SÜCHTIGE

Im November 2002 wurden Sie zum ersten Mal zum Oberbürgermeister von Breslau gewählt. Dieses Amt haben Sie bis 2018 sechzehn Jahre ausgeführt. Wie fühlen Sie sich jetzt? Was vermissen Sie am meisten? Sind das Menschen, Orte oder das hohe Lebenstempo, das Sie in Ihrer Amtszeit begleitet hat?

Es sind gerade drei Jahre vergangen, seitdem ich die Mission für die Stadt Breslau als Oberbürgermeister beendete. Zunächst fühlte ich mich wie auf einer Therapie für Süchtige, jetzt ist es gottlob nicht mehr der Fall. Ich vermisse vor allem den intensiven Kontakt mit den Stadtbewohnern, denn während meiner Amtszeit habe ich jährlich an circa 2000 Treffen, hauptsächlich mit den Breslauern, teilgenommen. Sehr lange haben mir auch meine Mitarbeiter gefehlt. Selbstverständlich vermisste ich am Anfang das hohe Lebenstempo. Heute hat sich die Situation schon stabilisiert. Nach einem langen Stipendium-Aufenthalt in Deutschland, wo ich in verschiedenen Bereichen tätig war, bin ich zurück in Breslau. Weiter habe ich eine intensive Zusammenarbeit mit der Ukraine hinter mir. Ich habe eine Reihe von Vorträgen gehalten, in denen ich über die wichtigsten Zivilisationstendenzen in der Entwicklung der gegenwärtigen Welt sprach. Wegen der Corona-Pandemie wurden die Vorträge online präsentiert, aber dafür sehr intensiv. Also jetzt bin ich vielleicht nicht so eingespannt wie früher, aber immer noch mit anderen Aktivitäten beschäftigt. Das hat eine Art von Gleichgewicht in mein Leben gebracht.

BOTSCHAFTER FÜR BRESLAU

Aber Sie haben Ihre Stadt nicht ganz im Stich gelassen?

Nein, während des Stipendiums habe ich zwei wichtige Sachen für Breslau erledigen können. Als ich im Rahmen des Richard von Weizsäcker Fellowship in Berlin war, sollte ich mich, wie jeder von den Stipendiaten, kurz vorstellen. Ich erzählte vor allem über meine Stadt. Das erste Mal in der Geschichte der Robert Bosch Academy geschah es, dass nach meiner Präsentation die Teilnehmer eine Bitte an die Stiftung geschrieben haben, dass sie diese polnische Stadt sehen wollen. Denn normalerweise gibt es nur Ausflüge innerhalb von Deutschland. Sie glaubten einfach nicht, was ich gesagt hatte und wollten das unbedingt sehen. Und die Stiftung hat wirklich eine Ausnahme gemacht und den Ausflug nach Breslau realisiert.

Das Breslauer Rathaus, ein Wahrzeichen der Stadt, wurde über 250 Jahre gebaut
(*Foto: Marek Maruszak*)

Wie waren denn die Eindrücke der Teilnehmer?

Wir waren dann im Juli 2019 in Breslau. Die Teilnehmer waren begeistert und fanden alle meine Aussagen bestätigt. Ich hatte ein sehr intensives Besuchsprogramm mit vielen interessanten Besichtigungen und Präsentationen vorbereitet und die Stipendiaten kehrten ganz entzückt zurück. Diese Bewunderung hatte auch zur Folge, dass einer der Freunde, J.P. Singh, ein Professor an der Washington- und Edinburgh-Universität und gleichzeitig Verleger der internationalen Zeitschrift „Arts & International Affairs", eine ganze Ausgabe der Stadt Breslau widmete. Die Ausgabe wurde unter dem schönen Titel „The Incredible Cosmopolitanism of Wrocław", auf Deutsch „Der unglaubliche Kosmopolitismus von Breslau" herausgegeben. Dort wurden vierzehn Artikel auf Englisch veröffentlicht, in denen berichtet wurde, was in den letzten Jahren in Breslau passierte.

Also sind Sie jetzt der ständige Botschafter von Breslau?

Ja, ich habe ein wenig Werbung für die Stadt gemacht.

Nachdem Ihre lange Amtszeit als Oberbürgermeister zu Ende ging, haben Sie keine Versuchung gehabt, irgendwie einzugreifen? Zu beraten, zu kommentieren oder sich einzumischen? Denn es war bestimmt schwierig, sich plötzlich zurückzuziehen und im Schatten zu bleiben?

Ich habe geahnt, dass es so sein könnte und deshalb habe ich alles so organisiert, dass ich keine Möglichkeit dazu hatte. Ich habe ein öffentliches Versprechen gemacht, dass ich mich nicht einmischen werde und dass ich mich distanziere – im guten Sinne des Wortes. Und das habe ich auch gemacht – sogar wörtlich. Mit meiner Ehefrau bin ich nach Portugal gefahren: zuerst nach Lissabon, dann auf die Insel Madeira und dann einen halben Monat lang durch ganz Europa zurück. Danach musste ich einige gesundheitliche Probleme in Ordnung bringen und ich ließ mir die oberen Atemwege operieren.

Nach den zwei Operationen war ich wieder isoliert. Danach folgte das Stipendium von der Robert Bosch Academy in Berlin. Das ganze Jahr lang waren wir selten in Breslau. Wir bereisten ganz Deutschland.

Haben Sie sich um dieses Stipendium beworben?

Nein, der Richard von Weizsäcker Fellowship ist ein spezielles Programm der Robert Bosch Academy, ein Prestigestipendium, könnte man sagen, worum man sich nicht bewerben kann. Der Stiftungsrat trifft allein die Entscheidung und bietet den verschiedenen Personen eine Art von Gastprofessur an. Die Gäste bekommen ein jährliches Stipendium und können in dieser Zeit frei arbeiten. Mir scheint, in meinem Fall war das mit dem Amt des Oberbürgermeisters der Stadt Breslau verbunden, vielleicht spielte hier der Deutsche Nationalpreis, den ich 2017 erhielt, eine Rolle. Ich habe mich also nicht beworben, ich wurde von der deutschen Seite eingeladen. Und ich habe kurz nach dem Ende meiner Amtszeit die Einladung gerne angenommen.

Der Richard von Weizsäcker Fellowship ist ein Programm der Robert Bosch Academy. Es ermöglicht herausragenden Persönlichkeiten aus aller Welt einen mehrmonatigen Arbeitsaufenthalt in Berlin. Die Robert Bosch Academy koordiniert für ihre Stipendiaten ein individuelles und umfangreiches Gesprächs- und Veranstaltungsprogramm und bietet ihnen intellektuellen Freiraum, um sich jenseits ihrer regulären Aufgaben und Verpflichtungen mit vielfältigen Themen und Fragestellungen zu befassen.

Der Deutsche Nationalpreis würdigt Personen, die für die Vereinigung Deutschlands und Europas eingetreten sind. Er wird seit 1997 jährlich von der Deutschen Nationalstiftung vergeben. Diese wurde vom ehemaligen Bundeskanzler Helmut Schmidt gegründet. Schirmherr ist Bundespräsident Frank-Walter Steinmeier. Im Jahre 2017 wurde Dr. Rafał Franciszek Dutkiewicz ausgezeichnet. Andere Preisträger waren zum Beispiel Tadeusz Mazowiecki, Václav Havel, Fritz Stern, Erzbischof Alfons Nossol oder Anita Lasker-Wallfisch.

In Freiburg nicht nur Deutsch gelernt

Es war aber nicht Ihr erstes Stipendium in Deutschland?

Nein, mit meiner Ehefrau war ich schon früher, im Jahre 1990, in Freiburg im Breisgau. Das war ein KAAD-Stipendium (Katholischer Akademischer Ausländer-Dienst). Damals war ich 31 Jahre alt. In der damaligen Zeit war ich bei der Solidarność-Bewegung sehr engagiert. Wir haben die ersten freien Kommunalwahlen gewonnen und ich hatte die Möglichkeit, für das Amt des Oberbürgermeisters zu kandidieren. Ich hatte wirklich große Chancen. Ich wäre einer der jüngsten Oberbürgermeister von Breslau geworden. Aber ich habe mich damals für ein einjähriges Stipendium in Deutschland entschieden.

Wie waren die Eindrücke? Was hat Sie am meisten überrascht?

Damals war ich das erste Mal im Westen. Zuvor durfte man das sozialistische Polen selten verlassen. Mir wurde es zumindest verboten. Deshalb war für mich alles neu. Aus der heutigen Perspektive muss ich sagen, es war eine der besten Entscheidungen meines Lebens. Denn ich habe damals die Welt kennengelernt. Vor allem die Regeln, nach denen ich mich später als Oberbürgermeister gerichtet habe: die Offenheit, die Schaffung der internationalen Ebene usw. – das habe ich aus dem Aufenthalt in Süddeutschland mitgenommen. Der Aufenthalt in Deutschland hat mir damals die Welt geöffnet.

Haben Sie damals auch Deutsch gelernt? Oder konnten Sie die deutsche Sprache aus der Schule?

In der Schule hatte ich ein bisschen Deutsch, aber in den damaligen Zeiten wurde die Fremdsprache so wie die Sportstunde oder Basteln behandelt – es war ein zusätzliches Fach, bei dem man sich nicht besonders anstrengen musste. Also ein wenig habe ich die Sprache gelernt, aber richtig intensiv erst in Freiburg.

War das eine Pflicht für die Stipendiaten oder wollten Sie einfach die Sprache erlernen?

Ich wollte von mir aus die deutsche Sprache beherrschen. Den Kurs habe ich an dem Sprachenkolleg für ausländische Studierende, vergleichbar mit dem Goethe-Institut, bis Mittelstufe 2 gemacht. Ich habe die Prüfung zum Nachweis deutscher Sprachkenntnisse mit gutem Ergebnis abgeschlossen. Zwei von den Lehrern des Sprachenkollegs lud ich 2017 nach Berlin ein, als ich den Deutschen Nationalpreis erhielt. Diesen Preis widmete ich einem diesen Fachleiter des Kollegs – Stefan Pflaum. Denn in einem Teil der Rede habe ich darüber gesprochen, wie wichtig die Kenntnis der Fremdsprachen in der heutigen Welt ist. Sie ermöglicht den Menschen die Verständigung, den Dialog und den Meinungsaustausch. Deshalb sind die Lehrer so wichtig.

Ist Stefan Pflaum zur Verleihung des Preises nach Berlin gekommen?

Ja, ich habe ihn umarmt, nachdem ich den Preis erhalten habe. Er war gerührt.

AKTUELLE BERLINER IMPRESSIONEN

Wie war es jetzt mit dem Berliner Stipendium?

Nach der sechzehnjährigen Amtszeit wollte ich noch einmal nach Deutschland gehen. In diesen sechzehn Jahren war ich viel unterwegs, aber ich hatte nie richtig Zeit, die Aufenthalte länger einzuplanen. Ich wollte mein Wissen vertiefen und sehen, wie Deutschland heutzutage funktioniert. Da kam eben diese Einladung. Ich wusste viel über Berlin, aber die Stadt zu erleben – das war besonders schön. Ich bin nach dem Aufenthalt noch offener geworden und habe einige Tendenzen der heutigen Welt, zum Beispiel die Problematik der europäischen Integration besser verstanden. Ich arbeitete mit dem Deutschen Städtetag zusammen, beteiligte mich an Diskussionen und habe immer verglichen. Ich wollte nachprüfen, ob das, was ich in Breslau gemacht habe, richtig war.

Wie fiel der Vergleich aus?

Sehr gut muss ich ehrlich sagen. In Berlin hat die Robert Bosch Academy für mich ein Treffen mit einem Experten für Stadtentwicklung organisiert. Er erklärte mir den Entwicklungsprozess anhand von einem großen Stadt-Modell, das sich beim Märkischen Museum befindet. Wir diskutierten viel. Er war überrascht, dass ich mich mit seinen Fragestellungen sehr gut auskannte. Ich klärte ihn auf, dass ich Oberbürgermeister von Breslau war. Nach der Präsentation war mir klar, dass wir viele Sachen in Breslau korrekt machten.

Wenn Sie den früheren und den jetzigen Aufenthalt vergleichen würden? Natürlich ist es schwierig, die Städte Freiburg und Berlin zu vergleichen. Aber abgesehen davon?

Die Eindrücke waren ähnlich muss ich sagen, obwohl Freiburg eine viel kleinere Stadt ist. Aber der Rhythmus des Stadtlebens war gleich, vielleicht dank der vielen Studenten. In Polen war damals alles grau und das richtige Leben fing erst an. Als ich in die schöne Stadt kam, war alles wunderbar: bunt und international, weil Freiburg nicht weit von der schweizerischen und französischen Grenze liegt. Berlin ist eine Weltmetropole, ein Symbol der Freiheit, eine Multikulti-Stadt, das ist klar. Wir wohnten in diesem Teil von Schöneberg, der sehr tolerant und innovativ ist. Also es war eine sehr bunte Welt. Dort sahen wir, wie das, was in Polen jetzt so stark diskutiert wird, also das Gender-Thema völlig anders funktioniert. Die bunten Fahnen hängen an jedem Rathaus. Sehr positiv hat uns die Fülle des kulturellen Lebens überrascht. Denn der vorherige Bürgermeister, Klaus Wowereit, hat auf die Kultur gesetzt. Und weil Berlin lange Zeit geteilt war, befanden sich die kulturellen Einrichtungen auf beiden Seiten der Stadt: auf der östlichen und westlichen. Nach der Wiedervereinigung hat man alle Institutionen gelassen und so hat Berlin alles doppelt. Also die Dichte des kulturellen Lebens fällt sofort ins Auge.

In Breslau hat das kulturelle Leben in den vergangenen Jahren auch zugelegt, wie es mir scheint?

In Berlin habe ich verstanden, dass es richtig war, dass wir auf die Kultur gesetzt haben. Die Förderung der Kultur, die Teilnahme an der Kultur: das Kultivieren der Kultur, kann ein positiver Faktor im Antrieb der Stadtentwicklung sein. Deshalb freut mich besonders, dass es einen Kulturzug zwischen Breslau und Berlin gibt, der wirklich auch einen Beitrag zum kulturellen Austausch leistet, den Bezug zur Kultur fördert. Von beiden Seiten.

DER „FLIEGENDE SCHLESIER" WAR SCHNELLER

Es ist nur schade, dass es keine feste Zugverbindung zwischen der niederschlesischen Hauptstadt und Berlin gibt. Sie wurde nach so vielen Jahren gestrichen.

Dietmar Woidke hat mir versprochen, dass die Verbindung in der Zukunft zurückkehrt. Ich hoffe, er wird Wort halten. Übrigens anhand der Zugverbindung sehen wir einen erstaunlichen Rückschritt in der heutigen Zeit. Vor dem Krieg brauchte der „Fliegende Schlesier" von Berlin nach Breslau weniger als drei Stunden. Und heute? Über 4,5 Stunden. Zu meiner Amtszeit war ich verpflichtet – auch der politischen Korrektheit wegen – die Zugverbindung nach Warschau, also unserer Hauptstadt zu verbessern. Es geschah auch: nach Warschau fährt man jetzt in 3,5 Stunden, obwohl der Zug nicht in gerader Linie, sondern über Oppeln und Tschenstochau fährt. Man sieht an dem Beispiel, dass so viele Jahre nach dem Ende des Krieges Niederschlesien noch nicht richtig mit den anderen polnischen Gebieten verknüpft ist. Jetzt ist es höchste Zeit, eine schnelle Verbindung nach Berlin, zur Weltmetropole zu schaffen. Die Sache ist aber nicht so einfach. Die Strecke zwischen Berlin und Breslau wurde so zerstört, dass man sie bis heute noch nicht ganz wiederaufgebaut hat. Dasselbe betrifft die Autobahn – sie wird erst jetzt erneuert.

Die Autobahn A18, besonders die Strecke gleich nach der Einfahrt in Polen, wird als „die längste Treppe Europas" bezeichnet. Oder „Kulturschock Polen". Es ist wirklich eine Schande.

Jahrelang habe ich bei den einzelnen Infrastrukturministern vorgesprochen und auf dieses schmerzhafte Problem aufmerksam gemacht. Ich hörte nur folgende Antworten: „Wozu soll man das erneuern, wenn es da keinen großen Verkehr gibt?". „Wenn die Tür zu ist, kommt man nicht hinein. Nur wenn man die Tür öffnet, kommen die Menschen. Ich garantiere Ihnen, wenn die Autobahn fertig gebaut wird, kommt auch der Verkehr" – versuchte ich sie zu überzeugen. Die Verbindung zwischen den Metropolen ist auch aus wirtschaftlicher Sicht sehr wichtig.

Viele Ausländer und neue Wohnungen

Was hat Sie in Berlin positiv überrascht?

Bestimmt die ganze Infrastruktur, die teilweise auch schon vor dem Krieg mit großem Schwung gebaut wurde. Besonders genial funktioniert die Berliner U-Bahn. Obwohl sie bis heute keine Klimaanlage hat, habe ich während meines Aufenthaltes trotz der Sommerhitze kein schlechtes Wort dazu gehört. Noch eine Sache war für uns besonders interessant: Berlin und allgemein Deutschland ist bekannt für seine Bürgerinitiativen. Die Bürgergesellschaft ist hier sehr aktiv und das wird immer positiv beurteilt. Aber dies kann auch ein Nachteil bei der Stadtverwaltung sein. Alles muss mit allen vereinbart und konsultiert werden. Die Errichtung eines neuen Gebäudes in der deutschen Hauptstadt dauert mindestens sieben Jahre. Bei der Wohnungsnot, die jetzt besonders in Berlin sichtbar ist, kann das die Probleme erheblich verschärfen. Man baut viel weniger als bei uns und die Mieten wachsen sehr schnell. Deshalb werden bei uns in Breslau jährlich mehr Wohnungen als in Berlin verkauft. Mit Stolz kann ich sagen, dass wir jetzt auch zu einer internationalen Stadt geworden sind. Im Jahre 2018 lebten auf dem Ballungsgebiet von Breslau rund 200.000 Ausländer. Die Mehrheit kommt aus der Ukraine, aber es sind Ausländer aus insgesamt 124 verschiedenen Ländern. Für das Gebiet von ca. einer Million Einwohnern, Breslau selbst zählt ca. 640.000, macht das schon viel aus. Als ich davon erzählte, wurde ich danach gefragt, wie viele Sozialwohnungen ich bauen musste. „Überhaupt keine" – war meine Antwort. Wir haben einfach den Prozess des Bauens früher begonnen und hatten genug Wohnungen, als die Migrationswelle zu uns kam. Das war übrigens damit verbunden, dass wir so viele Arbeitsplätze geschaffen haben. Weiter spielt bei diesem zügigen Wohnungsbau eine Rolle, dass es keine öffentlichen, sondern private Wohnungen zum Vermieten waren.

Mammutvorhaben der „Neuen WuWA"

Als Muster des neuen Bauens kann hier das neue und innovative Projekt „Nowe Żerniki" genannt werden, also das Projekt einer komplexen modernen Siedlung auf dem Gebiet, wo früher die Expo-Ausstellung sein sollte.

Die Idee von „Nowe Żerniki" oder „Neue WuWA", wie es manchmal inoffiziell bezeichnet wird, entstand auf meine Initiative. Als entschieden wurde, das Gelände der historischen WuWA aus dem Jahre 1929 zu revitalisieren, fanden regelmäßige Treffen mit den Architekten und den Stadtplanern statt. Bei einem der Treffen habe ich die Architekten gefragt, ob wir keine „Neue WuWA"" bauen könnten, wenn die Stadt 200 Hektar Fläche zur Verfügung stellt? So wurde die Idee geboren. Es ist allgemein bekannt, dass Breslau im Jahre 2016 die Europäische Kulturhauptstadt war, aber nicht alle wissen, dass wir überhaupt als erste so ausgezeichnete Stadt Architektur als eine der maßgeblichen Disziplinen eingeführt haben. Als Kurator dieses Bereiches wurde der hiesige Architekt Zbigniew Maćków ausgewählt. Und weil wir uns mit Architektur intensiv beschäftigten, wurden im Architekturmuseum rege Gespräche über die Rolle der Architektur in der Stadt, Ausstellungen und Vernissagen organisiert. So kam es auch zur Verwirklichung der Pläne für die neue Siedlung. Das Wunder des Projekts von der „Neuen WuWA" beruhte auf der Tatsache, dass es ein gemeinsames Projekt von der Stadt, den Architekturbüros und der Bauunternehmer war. An dem Projekt arbeiteten 44 Architekturbüros zusammen und man muss unterstreichen, dass die Architekten nicht zu der Gruppe gehören, die gerne etwas zusammen macht – sie stehen fast immer in Konkurrenz zueinander. Dann haben sich die Bauunternehmer angeschlossen – sie haben auf dem völlig leeren Gelände investiert und die Projekte der Architek-

Die innovative Siedlung „Nowe Żerniki", auch „Neue WuWA" genannt
(Foto: Maciej Lulko@PPMackow)

ten realisiert. Es war ein ganz neuer und wichtiger Ansatz, dass die Flächen zwischen den einzelnen Wohnhäusern und Wohnblöcken zusammen entworfen und mitgestaltet wurden: Grillplätze, Abstellräume für Fahrräder, Grünanlagen, Spielplätze – Sachen, die den Standard des Lebens wesentlich erhöhen. Das waren die stärksten Seiten des Projekts.

Obwohl die Architekten mit den Einwohnern bis heute kämpfen müssen, dass die Flächen zwischen den einzelnen Wohnanlagen von allen benutzt werden können und dass man das Gelände mit keinem Zaun abtrennen soll. Das „meine" soll hier völlig verschwinden.

Es dauert bestimmt lange, bis man die Art und Weise des menschlichen Denkens verändert. Daran muss gearbeitet werden.

70 NEUE BRÜCKEN
UND DIE UMGEHUNGSAUTOBAHN

Mit der Entwicklung der Stadt und dem Bau der neuen Wohnungen verbindet sich auch das Thema des Straßennetzes und des Verkehrssystems. Im Jahre 2002, bevor Sie zum Oberbürgermeister gewählt wurden, haben Sie eine Umfrage unter den Einwohnern gemacht, um zu sehen, welche Aspekte für sie wichtig waren. Vier Erwartungen standen im Vordergrund: Erstens neue Arbeitsplätze (die Arbeitslosigkeit betrug damals 12,5 %), zweitens die Verbesserung des Straßennetzes, drittens die Verbesserung der Sicherheit und viertens die Erhöhung des internationalen Ansehens der Stadt durch die Organisation von Großveranstaltungen. Ich stelle zuerst die Frage nach dem Neu- und Umbau von Straßen.

Die Erwartungen, das Straßennetz durch den Umbau alter und die Anlage neuer Straßen umzugestalten, kamen aus zwei Richtungen. Die erste Erwartung kam von der Bevölkerung, die zweite von uns, der Stadtverwaltung. Die Einwohner erwarteten dringend den Umbau des Straßennetzes – und der wichtigste Punkt dabei war die Umgehungsautobahn für Breslau. Die Stadt hatte damals keine. Alle Brücken konzentrierten sich auf einer Strecke von anderthalb Kilometern im Herzen der Stadt.

Jeder, der nach Breslau oder über Breslau fuhr, musste damals durch das Stadtzentrum fahren. Also war es am Wichtigsten, neue Brücken zu bauen. Wir haben einen gigantischen Umbau gemacht – innerhalb von sechzehn Jahren sind ca. 70 neue Brücken und Übergänge entstanden, darunter einige große. Gleichzeitig sorgten wir für die Verbesserung des öffentlichen Verkehrssystems. Vor allem wurde das ITS-System, also die intelligente elektronische Steuerung des öffentlichen Verkehrssystems eingeführt. Inzwischen aber machte die Stadt eine so dynamische Entwicklung – als ich 2002 meine Arbeit begann, kamen täglich ca. 40.000 Autos nach Breslau, als ich 2018 die Arbeit beendete, waren es 200.000 Autos – sodass es heute wieder nicht ausreichend ist. Es kamen einfach neue Arbeitsplätze und unsere Stadt wurde noch attraktiver, wenn es um Erholung und Einkaufen geht. Also das Verkehrssystem wurde entwickelt, aber der Verkehrsdruck aus den nahe gelegenen Ortschaften und selbst in der Stadt wurde immer größer. Eine Sache ist aber klar: wenn wir die Umgehungsautobahn und das ITS-System nicht gebaut hätten, würden wir hier ersticken. Heute ist es immer noch ziemlich dicht in der Stadt, aber es könnte viel schlechter sein.

Die Umgehungsautobahn wurde also zu einer der wichtigsten Investitionen während Ihrer Amtszeit?

Als ich das Amt übernahm, war ich der Meinung, das ist die wichtigste Investition, die wir als Stadt brauchen. Und immer, bei allen Auftritten, egal wo ich zu Gast war, fing ich meine Rede mit diesem Thema an, um zu unterstreichen, wie wichtig es ist. Man lachte und sagte, ich bin ein Fachmann für die Lehre des Papstes Johannes Paul II. und die Umgehungsautobahn. Wenn es keine Fußball-Europameisterschaft 2012 gegeben hätte, hätten wir vielleicht bis heute keine Umgehungsautobahn. Daher war das so wichtig, die Fußball-Europameisterschaft 2012 zu organisieren. Um es zu organisieren, musste man das Stadion bauen – das alles hing eng zusammen. Die Umgehungsautobahn wurde übrigens zweispurig eingeplant – die Prognosen besagten, das werde ausreichen. Mein Plan war jedoch, sie als dreispurige Autobahn zu bauen. Nach intensiven Bemühungen ist es uns gelungen, das durchzusetzen, zwar nicht auf der ganzen Länge, aber immerhin funktioniert die Autobahn bis heute sehr gut.

WuWA – eine Abkürzung der „Wohnung und Werkraum Ausstellung", die 1929 in Breslau organisiert wurde. Die Ausstellung war eine Antwort auf die Probleme der Überbevölkerung von Städten und auf die Wohnungsnot, die in den 1920er Jahren ihren Höhepunkt erreichte. Sie sollte auch neuen Erwartungen der Bevölkerung hinsichtlich der Lebensqualität entgegenkommen und neue Baumaterialien und Bautechniken präsentieren. Einen Teil der Ausstellung bildete eine experimentelle Wohnsiedlung, die bis heute zu den sechs modernistischen Mustersiedlungen zählt, die der Werkbund in den 20er und 30er Jahren in Europa realisierte.

Neue WuWA oder „Nowe Żerniki" – eine Wohnsiedlung im westlichen Teil von Breslau, die dank der Zusammenarbeit der Gemeinde Breslau, der Architekten und Investoren (Bauunternehmer) entstand. Das Ziel war, eine Mustersiedlung des 21. Jahrhunderts zu schaffen, also eine Wohnanlage, die den Erwartungen der heutigen Bewohner entspricht und die alles hat, was einem Bewohner das Leben erleichtern würde. Als Anfangsdatum gilt der 20. Dezember 2011, als das erste Arbeitstreffen aller 44 Architekturbüros stattfand, die sich zu diesem einzigartigen Projekt angemeldet hatten. Das Enddatum steht nicht fest – der endgültige Bebauungsplan umfasst 200 Hektar.

Erste Recycling-Kapelle der Welt

Aus Freude darüber haben Sie sich entschieden, eine Votivkapelle zu errichten, die übrigens die erste Recycling-Kapelle der Welt ist …

Es ist eine lustige Geschichte. Es war im Dezember, als wir – Politiker – uns traditionell beim gemeinsamen Weihnachtsliedersingen im Dom trafen. Und damals machte ich einen kleinen Scherz. Zu der Melodie eines bekannten polnischen Weihnachtsliedes sang ich Folgen-

Die erste Recycling-Kapelle der Welt (Foto: Małgorzata Urlich-Kornacka)

des: „Oj, sehr klein, sehr klein, sehr klein ist die Breslauer Autobahn. Wenn wir größere errichten, werde ich für Ihn" – gemeint war Christus – „eine Kapelle stiften". Damit machte ich ein Versprechen: Wenn es uns gelingt, eine Umgehungsautobahn zu bauen, werde ich eine Votivkapelle errichten. Als die Autobahn 2011 fertig war, musste ich abwarten – ich war damals noch Oberbürgermeister und wollte Verdächtigungen vermeiden, dass ich meine Stellung ausnutze, um ein Kultusobjekt zu stiften. Nachdem meine Amtszeit zu Ende war, konnte ich mein Versprechen realisieren. Ich fand einige private Sponsoren und konnte mit der Stiftung der Kapelle beginnen.

Der Architekt Zbigniew Maćków, der die Kapelle plante, sagte in einem Gespräch, er habe noch nie so viel geflucht, wie bei dieser Kapelle. Er hatte keine Idee, wie eine solche Kapelle aussehen soll. Das Projekt, das er am Anfang schuf, gefiel ihm überhaupt nicht. Und plötzlich kam die Idee, ein Kultusobjekt muss kein Gebäude sein, es kann ein symbolischer Ort sein ...

Genau. Dann kam er auf die Idee, die Stahlschutzplanken zu nutzen, die die Fahrer bei Unfällen vor einem Fahrzeugaufprall schützen. Die Kapelle wurde vollständig aus verschrotteten Schutzplanken gebaut. Und so entstand das erste sakrale Recycling-Objekt weltweit!

Es sieht wirklich sehr schön aus. Wenn man mittendrin auf der Bank sitzt, sieht man im Hintergrund die Umgehungsautobahn von Breslau.

Der Weg nach Breslau

Was bedeutet für Sie Breslau? Sie haben oft von einem Dienst für die Stadt und die Einwohner gesprochen. Oder von einem Projekt, das Sie sechzehn Jahre lang realisierten. Woran denken Sie, wenn Sie den Namen Ihrer Stadt hören?

Ich wurde in einer kleinen Stadt im südöstlichen Teil der polnischen Woiwodschaft Großpolen geboren. Die Stadt Mikstat zählte damals ca. 1500 Einwohner. Unsere großpolnische Hauptstadt heißt Posen, aber Breslau liegt näher als Posen und deshalb kann ich mich seit den 1960er Jahren an die Besuche mit meinen Eltern in Breslau erinnern. Also Breslau war zuerst die Großstadt für mich, die Stadt, in der man eingekauft hat. Zum anderen wollte ich Mathematik studieren. Breslau hatte damals einen guten mathematischen Ruf.

Ich habe gelesen, Sie haben sich für Breslau entschieden, weil die Breslauer mathematische Schule eine Art Fortsetzung von der berühmten Lemberger Schule war. Und das hatte einen besonderen Reiz für Sie?

Es wurde gesagt, dass Breslau mathematisch stärker als Posen ist. Hier unterrichtete eine Legende, wenn es um Mathematik geht – der bereits verstorbene Professor Czesław Ryll-Nardzewski, ein Schüler von Hugo Steinhaus und seinetwegen wählte ich das Studium an der Technischen Universität in Breslau, der sogenannten Politechnik. Also Breslau wurde zu meinem Studienort, den ich mit ganzem Körper einatmete.

„Meine Solidarność"

Hier begann auch Ihre antikommunistische Tätigkeit bei Solidarność?

Am Ende des Studiums begann mein drittes Abenteuer, das mit Breslau verbunden war – nämlich die Tätigkeit bei Solidarność. Also mein Widerstand gegenüber den Kommunisten und meine Solidarność – das war auch Breslau. Man sollte übrigens wissen, dass Breslau und Danzig zwei Städte sind, wo der Widerstand gegenüber den Kommunisten am stärksten war. Meine persönliche Meinung, in Breslau war die Opposition noch stärker als in Danzig, aber in Danzig hat alles angefangen. Dort wurde Solidarność geboren. Ich möchte das unterstreichen, denn dieses Phänomen der Solidarität hat etwas mit dem Charakter der Städte zu tun – es sind beide die „Städte der Neuansiedler" – Breslau noch stärker als Danzig. Dank der Solidarność kam die vierte Phase dazu – als der Runde Tisch organisiert wurde und als entschieden wurde, dass wir die ersten halbfreien Wahlen haben werden, wurde ich zuerst zum Sekretär des Solidarność-Verbandes in Breslau ausgewählt. Ich organisierte die Kampagne vor den Wahlen 1989, dann wurde ich zum Vorsitzenden des Bürgerkomitees und beschäftigte mich mit den ersten kommunalen Wahlen im Mai 1990. Breslau war auch der Ort meiner ersten geschäftlichen Tätigkeit. Nach dem Aufenthalt in Freiburg gründete ich meine erste Firma und wurde

Mit dem von Paweł Wrabec – Solidaritätsaktivist im Untergrund – angefertigten Papierhut, 1989 (Foto *aus dem Archiv des Oberbürgermeisters*)

35

zum richtigen „Head Hunter", also ich suchte für die ausländischen Firmen in Polen das entsprechende Personal. Damals in den 1990er Jahren war das ein völlig neuer Job in Polen.

Ich habe gehört, dank dieser Arbeit wurden Sie finanziell unabhängig und haben sich ein Haus gekauft?

Damals habe ich gutes Geld verdient und konnte mir ein Haus mit einem ziemlich großen Garten leisten. Das Haus hat meine Frau Anna – Architektin von Beruf – sehr geschmackvoll eingerichtet. Deshalb konnte ich mich einige Jahre später der Arbeit als Oberbürgermeister widmen. Es ist kein Geheimnis, wenn ich sage, dass man in diesem Beruf weniger als ein Geschäftsmann verdient ...

EINE VISION FÜR BRESLAU

Warum haben Sie sich entschieden, als Oberbürgermeister zu kandidieren?

Dafür hatte ich meine persönlichen Gründe. Im Jahre 2000 verstarb meine Mutter und ich hatte das Gefühl, ich muss aufhören, „Kasse zu machen", also mich mit geschäftlichen Sachen zu beschäftigen. Ich muss etwas machen, worauf meine Mutter stolz sein könnte. Sie und andere Menschen. Die Gelegenheit kam 2002 – damals gab es die Wahlen der Gemeindevorsteher. Das erste Mal in der Geschichte wählten die polnischen Bürger ihre Bürger- und Oberbürgermeister direkt. Im Jahre 2002 nahm ich die Herausforderung an und wurde in der zweiten Runde zum Oberbürgermeister gewählt. Ehrlich gesagt, hatte ich am Anfang wenig Wissen und keine Erfahrung, aber ich hatte Intuition und Ideen.

Dann fingen Sie an, das eigene Projekt für die Stadt zu realisieren?

Mein Endprojekt, das 16 Jahre dauerte: mein Lebenswerk, wenn ich so sagen darf. Aus einer Provinzstadt, die die Stadt noch in den 1990er Jahren war, machte ich eine europäische Metropole. Das ist mein größtes Werk. Meine Mission, mein Dienst und mein eigenes Projekt – es ist alles in einem. Es reifte jahrelang in mir.

DOMINSEL, WIM WENDERS UND REYKJAVIK

Was ist eigentlich ist Ihr Lieblingsort in Breslau?

Die Dominsel ist für mich besonders wichtig. Hier lernte ich Anna, meine spätere Frau, kennen. Als ich während des Kriegszustandes aus Breslau fliehen musste und keine Chance hatte, sie zu benachrichtigen, trafen wir uns erst nach zwei Jahren wieder. Und wo? Auf der Dominsel. Es war unglaublich! Sie hat mich zuerst nicht wiedererkannt, weil ich einen langen schwarzen Bart hatte! Hier blühte unsere Liebe auf und ein Jahr später heirateten wir. Die Trauung hatten wir 1984 im Dom. Um den Dom herum standen damals sechzehn Fahrzeuge des Sicherheitsdienstes.

Die Trauung mit Anna Janicka im Breslauer Dom, 1984 (Foto aus dem Archiv des Oberbürgermeisters)

Während der Trauungsmesse waren viele Gäste in der Kirche, einige konnten wir nicht erkennen. Aber am Ende der Messe wurde klar, wer das war: an der Kommunion nahmen alle außer den zwei ersten Reihen teil. In diesen ersten zwei Reihen saßen die Funktionäre des Sicherheitsdienstes! Die Dominsel ist mein magischer Ort in Breslau.

Vielleicht auch deshalb, weil es nur hier die Gaslaternen gibt? Jeden Abend, bevor die Sonne untergeht, zündet der Breslauer Laternenanzünder alle mit der Hand an. Das verleiht diesem Ort einen besonderen Charme …

Mit diesen Gaslaternen ist eine schöne Geschichte verbunden. Im Jahre 2016, als innerhalb der Europäischen Kulturhauptstadt die Verleihung des Europäischen Filmpreises stattfand, kam Wim Wenders nach Breslau. Ich habe ihn in einem blitzschnellen Tempo durch die Stadt geführt und es musste wirklich schnell gewesen sein, weil ich von ihm den Spitznamen „Speedy Gonzales" bekam. Ich erzählte Wim Wenders etwas von den Gaslaternen und er hatte Lust, eine anzuzünden. Alles wurde zeitlich so organisiert, dass wir uns mit dem Laternenanzünder trafen und diesen Wunsch erfüllen konnten. Eine von den Laternen zündete Wim Wenders persönlich an. Vielleicht deshalb konnte er sich später so gut an Breslau und mich erinnern.

Als wir uns das nächste Mal bei der Verleihung des Europäischen Filmpreises in Berlin trafen und als er mich auf einem Bankett sah, breitete er die Arme aus und sagte zu mir „Komm! Mein Lieblingsoberbürgermeister Rafael".

Ernst Wilhelm „Wim" Wenders zündet eine Gaslaterne auf der Dominsel an, 2016 (Foto: Maciej Kulczyński)

Also das Herz von Wim Wenders haben Sie dank der Breslauer Gaslaternen gewonnen und das des Oberbürgermeisters von Reykjavík dank der Breslauer Zwerge? Es stellte sich heraus, dass die Kinder des isländischen Oberbürgermeisters die kleinen bronzenen Zwerge sehen wollen. So wurde Reykjavík zu unserer Partnerstadt?

In Island, und besonders in Reykjavík, leben ziemlich viele Polen. Sie bilden dort eine der größten Minderheiten. So wollte der isländische Oberbürgermeister Dagur B. Eggertsson das Heimatland seiner neuen Einwohner kennenlernen. Er beschloss, mit seinen Kindern einen Urlaub im südwestlichen Polen zu machen. Es stellte sich heraus, dass den Kindern Breslau am besten gefiel. Die vielen Zwerge – unser Marketingprojekt, das wir 2005 ausgedacht haben – und die inzwischen an jeder Ecke stehen, entzückten die Kinder. Und weil gleichzeitig die städtische GmbH ein Projekt mit Reykjavík realisierte, kam es einfach dazu, dass die isländische Hauptstadt unsere Partnerstadt wurde. Es war für uns eine besondere Ehre, denn wir haben jetzt zwei Partnerstädte, die zugleich Hauptstädte sind: Reykjavík – die Hauptstadt von Island und Wilna – die Hauptstadt von Litauen. Mit Wilna hatte das noch einen zusätzlichen Aspekt – wir wollten ein Dreieck bilden: Lemberg, Breslau und Wilna. Es gibt die

Das Zwergenorchester am Nationalen Forum für Musik
(*Foto: Małgorzata Urlich-Kornacka*)

Partnerschaft zwischen Lemberg und Wilna, zwischen Lemberg und Breslau sowie zwischen Wilna und Breslau.

Kehren wir noch zu Ihrer Kindheit zurück. Ihr Großvater war Arzt, Ihr Vater war Arzt, Ihr Bruder ist Arzt geworden und Sie nicht. Sie wollten Mathematik und genauer gesagt Logik studieren. Wieso?

Mein älterer Bruder wusste von Kindheit an, dass er Arzt wird. Ich hatte Angst vor allen gesundheitlichen Sachen – ich konnte den Anblick von Blut nicht leiden und wusste von Anfang an – Arzt ist kein Beruf für mich.

Was wollten Sie werden?

Wie jeder Junge damals – Feuerwehrmann und Polizist. Dann wollte ich Journalist werden. Aber so einfach war das nicht. Überall gab es die Zensur, es war kein freier Beruf. Daher wählte ich Mathematik und wollte als Dozent an der Universität bleiben.

ERFAHRUNGEN MIT RUSSISCH

Und Mutter? Was war Ihre Mutter von Beruf?

Meine Mutter unterrichtete Russisch in Ostrowo (Ostrów Wielkopolski) in einem allgemeinbildenden Lyzeum. Aber nach der Geburt meines älteren Bruders widmete sie sich der Kindererziehung – meiner und der meiner zwei Brüder.

Hat Ihnen Ihre Mutter Russisch beigebracht?

Eines Tages, es war übrigens in Breslau, kauften mir meine Eltern ein schönes russisches ABC-Buch. Damals war ich in der zweiten oder dritten Klasse der Grundschule. Ich lernte die Buchstaben und die ersten Wörter aus diesem Buch kennen. Aber selbständig. Meine Mutter hat mich nie dazu aufgefordert. Als ich in der vierten Klasse der Grundschule die russische Sprache fest in meinem Stundenplan hatte, konnte ich diese damals schon lesen.

Verstehen Sie heute ein bisschen Russisch? Mit dem Sprechen wäre es bestimmt ein Problem nach so vielen Jahren, aber verstehen Sie mindestens etwas?

Ja, ich habe in der Oberschule fließend Russisch gesprochen. Aber später habe ich die Sprache nicht verwendet. Jetzt bin ich oft in Kiew und Lemberg und die ukrainische Sprache liegt zwischen der polnischen und russischen. Ich schätze also, nach circa zwei Wochen wäre ich imstande, etwas zu sagen. Als ich in der dritten Klasse der Oberschule war, kam ein sowjetischer Kosmonaut – Boris Valentinovich Volynov – zu einem Besuch nach Polen. In Kalisch, einer größeren Stadt 25 Kilometer von unserer Schule entfernt, wurde in einer großen Sporthalle ein Treffen mit ihm organisiert. Ein paar Tausend junge Menschen sollten sich mit dem Kosmonauten treffen. Alles wurde auf Russisch vorbereitet und ich muss etwas gestehen: die ganze Feierlichkeit habe ich auf Russisch geführt und sogar das Gespräch mit dem Kosmonauten. Bis heute kann ich mich noch an die Begrüßung des Kosmonauten erinnern.

Unglaublich. Nach so vielen Jahren?

Ich habe ein sehr gutes Gedächtnis und bis heute kenne ich zahlreiche komische Gedichte, Lieder und Texte auswendig, auch wenn ich sie überhaupt nicht mehr brauche …

Immer nur die besten Noten

Sie waren ein guter Schüler, nicht wahr?

Es kann ein bisschen eitel klingen, aber ich war immer ein sehr guter Schüler. Ich hatte nie Noten bekommen, die schlechter als sehr gut waren. Ich hatte in keinem Fach gut oder befriedigend. Nie.

Also heute hätte man Sie zum Streber ernannt?

Es war komisch, aber ich lernte nicht viel. Ich hatte einfach ein fotografisches Gedächtnis und offensichtlich einen sehr hohen Intelligenzquotienten. Ich hatte es in vielen Fächern einfacher. Deshalb besuchte ich nicht die letzte Klasse der Grundschule, sondern ging gleich in die erste Klasse der Oberschule. Auch hier konnte ich manchmal mehr als meine Mitschüler.

Sie mussten aber sowieso später die Grundschule nachholen? Es kam zu einem Paradox: Sie konnten nicht weiter versetzt werden, weil Sie kein Abschlusszeugnis der Grundschule hatten?

Um offiziell die Grundschule zu beenden, musste ich eine Prüfung bestehen. Aber die Prüfung hatte eine symbolische Form. Bei dem Examen wollten meine Lehrer wissen, wie es mir geht, ob ich mit dem Lehrprogramm zurechtkomme, ob ich keine Schwierigkeiten habe, und so weiter. Danach haben Sie mir zwei oder drei Fragen gestellt. Das war alles. In der Oberschule war ich auch ein sehr guter Schüler und weil ich ein hervorragendes Zeugnis hatte, konnte ich mir nach dem Abitur eine beliebige Fachrichtung an der Universität auswählen. Ich musste keine Aufnahmeprüfung bestehen, die es damals noch gab. Dann war es nicht mehr so einfach. Im ersten Studienjahr, als ich Mathematik zu studieren begann, stellte sich heraus, dass meine Schule zwar gut für kleinstädtische Verhältnisse war, mir aber zum Beispiel keine Grundlagen für abstraktes Denken vermittelt wurden. Ich habe am Anfang überhaupt nichts verstanden.

Vielleicht weil Sie von Anfang an Realist waren? Und die, die mit beiden Beinen im Leben stehen, können sich ein abstraktes Denken nicht leisten?

Vielleicht. Ich habe die ersten Kolloquien so schlecht geschrieben, dass mich damals eine Professorin, die Betreuerin des ersten Jahres zu sich rief und sagte: „Herr Dutkiewicz, es gibt viele verschiedene

Fachrichtungen an der Technischen Universität. Sie müssen nicht unbedingt Mathematik studieren. Vielleicht ist es zu schwierig für Sie". Es war für mich wie ein Hammerschlag. Ich kann mich noch erinnern, ich saß drei Tage und drei Nächte an den Grundlagen der Mathematik. Plötzlich schaltete etwas bei mir im Kopf ein. Ich kapierte alles und seit dieser Zeit war ich immer der beste Student. Ich erhielt für meine Ergebnisse sogar als wissenschaftliche Prämie des Rektors ein Stipendium.

Besondere Masterprüfung

Wie hoch war die Summe?

2300 PLN, es war ziemlich viel Geld für die damaligen Verhältnisse. An der Technischen Universität gab es elf Fachrichtungen, meine, die Fachrichtung für grundlegende technische Probleme, war die kleinste. Aber die Hälfte der Stipendiaten stammte von uns. Ich verdanke vieles meiner eigenen Arbeit, aber auch einigen genialen Personen, die ich auf meinem Weg traf. Unter diesen möchte ich vor allem Professor Czesław Ryll-Nardzewski nennen. Man sagte, er hatte ein geniales Gedächtnis. Ich habe mich nach Jahren selbst davon überzeugen können. Nachdem ich zum Oberbürgermeister gewählt wurde, organisierte ich eine Feierlichkeit für die Professoren der Breslauer Universitäten. Über 100 Professoren wurden in das Breslauer Rathaus eingeladen. Unter ihnen war auch der legendäre Professor Ryll-Nardzewski. Als er mich sah, sagte er zu mir: „Herr Dutkiewicz, ich kann mich noch gut an Ihre Master-Prüfung erinnern. Ich fragte Sie damals nach dem Problem, wie man die beste Sekretärin wählen sollte (das Aufhalten der Zufallsprozesse) und Sie haben richtig geantwortet". Ich war überrascht. Ich wusste, dass der Professor ein geniales Gedächtnis hatte, aber dass er sich an die Frage aus meiner Master-Prüfung, die 1982, also 20 Jahre zuvor stattfand, erinnern konnte, das war unglaublich! Ich fragte, wie es möglich sei

– das war doch keine Doktor-Prüfung, solche Master-Prüfungen gab es Hunderte in diesem langen Zeitabschnitt. Er antwortete, er kann sich an meine Prüfung aus einem Grunde erinnern: es ging nicht um das mathematische Problem, sondern um die Tatsache, dass damals Kriegszustand in Polen war. Der Sicherheitsdienst wollte mich verhaften. Die Funktionäre kamen regelmäßig zum Dekanat, um nach dem Termin meiner Master-Prüfung zu fragen. „Wir haben diese Prüfung heimlich durchgeführt. Nur Sie wussten genau, wann sie stattfindet. Und weil wir große Angst hatten, dass jemand reinkommt und dass Sie verhaftet werden, kann ich mich so gut an die Fragen und an Ihre Master-Prüfung erinnern" – sagte der Professor lachend.

ZUFLUCHTSORT LUBLIN

Es war nicht einfach nach dem Studium. Sie wurden überall vom Sicherheitsdienst gesucht? Es wurde sogar ein Steckbrief für Sie ausgestellt? Wie sind Sie aus dieser Situation rausgekommen?

Ende der 70er, Anfang der 80er Jahre war ich bei der Organisation der „Wochen der christlichen Kultur" tätig. Es war eine Reihe von Veranstaltungen, die in siebzig Breslauer Kirchen stattfanden. Damals war das eine der größten Veranstaltungen in der Stadt. Die ganze Woche lang – von Sonntag bis Sonntag – haben wir in allen diesen Kirchen Treffen mit interessanten Leuten – Oppositionellen – veranstaltet. Es gab Vorlesungen, Konzerte, Vorträge, Gedichtabende und so weiter. Meine Aufgabe war es, die Gäste zu den Vorlesungen einzuladen. Weil im Kriegszustand die Post nicht richtig funktionierte, die Briefe zensiert und Telefongespräche abgehört wurden, wurde ich nach Warschau und danach nach Lublin geschickt. Ich sollte Kontakt mit den Professoren aus der dortigen Katholischen Universität knüpfen. Und weil ich in Lublin war, wurde ich nicht festgenommen. In dieser Zeit wurden Massenverhaftungen in Breslau organisiert. Als ich mit dem Zug zurückkam und vor meinem Wohnblock in der

Studzienna 11/17 Milizfahrzeuge stehen sah, wurde mir sofort klar: sie warten auf mich. Ich ging auf die Dominsel zu Bischof Dyczkowski. Er bestätigte, dass intensiv nach mir gesucht wurde. Ich musste aus Breslau verschwinden. Dann dachte ich mir: wenn mich schon früher Lublin rettete, sollte ich wieder dahin gehen. Die Stadt war mir sowieso von Kindheit an vertraut. Einmal nahm uns unser Vater dorthin mit, zeigte die Lubliner Universität und sagte: „KUL (Katholische Universität Lublin) ist die beste Universität in Polen. Hier, an der einzigen privaten Universität, wird anständig unterrichtet und hier gibt es keinen Kommunismus". Das blieb mir im Kopf. Dank der Organisation der Wochen der christlichen Kultur hatte ich hier ganz viele Bekannte. Also entschied ich mich, hier zu bleiben.

„PRIESTER DUTKIEWICZ"

Aber Sie wollten kein Priester werden? Oder hatten Sie früher solche Ambitionen?

Nein, nie. Ich bin ein Gläubiger, aber ich hatte nie die Absicht, Priester zu werden. Es ist mir nicht mal durch den Kopf gegangen. Aber ich wurde zum Priester gemacht – gleich komme ich dazu. Ich ging also nach Lublin und habe dort meine Situation beschrieben. Ich musste für einige Zeit verschwinden und ich wollte in dieser Zeit eine Doktorarbeit schreiben.

Wir können also sagen, Sie haben eine Doktorarbeit dank dem Sicherheitsdienst geschrieben?

So ist es. Nach zwei Jahren habe ich den Doktortitel für Logik erworben. Dank dem Studium an der Katholischen Universität Lublin wurde ich zum Priester ernannt. Der Sicherheitsdienst hat nach mir gesucht, konnte mich aber nicht finden. Aber er musste etwas von Lublin gehört haben. Denn als ich dort meine Doktorarbeit schrieb, wurde hier in Breslau ein Prozess gegen Solidarność-Mitglieder durchgeführt, unter anderem den jetzigen Direktor des Ossolineums – Adolf Juzwenko. Während des Prozesses erklärte der Prokurist, dass man die Sache des Angeklagten Juzwenko nicht zu Ende bringen kann, weil man noch die Sache „des Priesters Dutkiewicz" klären sollte. Für sie war jemand, der an der KUL studiert, gleich ein Priester. Vielleicht, weil sie mich zum „Priester" ernannt haben, ließen sie mich in Ruhe.

Aber wenn es den Kriegszustand nicht gegeben hätte, wären Sie an der Technischen Universität in Breslau geblieben?

Ja, bevor ich nach Lublin fliehen musste, hatte ich vor, den Doktortitel an der Technischen Universität zu erwerben. Und ich wurde angenommen. Jetzt wird das möglich sein.

Jetzt, wieso?

Die jetzigen Behörden der Technischen Universität haben am 1. Juli 2020 beschlossen, mir die Ehrendoktorwürde zu verleihen. Die Feierlichkeiten finden wegen der Corona-Pandemie im Oktober 2021 statt.

Das ist aber nett!

Daher habe ich mich herzlichst bei den Behörden der Technischen Universität bedankt – es war immer mein Traum. Ich musste mir diesen Traum auf einer anderen Universität erfüllen, aber jetzt werde ich auch den Ehrentitel der Breslauer Technischen Universität tragen.

Begegnung mit Angela Merkel

Die Technische Universität hat 2008 den Titel Doctor Honoris Causa an Angela Merkel verliehen. War das die Idee der Universität oder der Stadt?

Das war die Idee des Rektors der Technischen Universität. Angela Merkel hat zugesagt, nur es war nicht so einfach, einen freien Termin zu finden. Die Kanzlerin war sehr beschäftigt. An ihren Besuch kann ich mich gut erinnern, weil wir damals zusammen mit den diplomatischen Behörden überlegten, welches Denkmal sich die Kanzlerin anschauen soll: ich war der Meinung, es soll das Denkmal des Kardinals Kominek sein, der einen Brief an die deutschen Bischöfe verfasste und den Versöhnungsprozess begann und sie wollten der Kanzlerin das Bonhoeffer-Denkmal zeigen. Letzten Endes gab es keine Zeit für die Denkmalbesuche. Aber ich hatte die Möglichkeit, mit der Kanzlerin eine halbe Stunde unter vier Augen zu sprechen. Wir sprachen

Die Bundeskanzlerin Angela Merkel beim Besuch im Breslauer Rathaus, 2008
(*Foto aus dem Archiv des Oberbürgermeisters*)

über die politische Situation in Polen. Ich bat sie auch um Unterstützung unserer Kandidatur in den Bemühungen um den Sitz des EITs – European Institute of Innovation and Technology.

Kehren wir noch kurz zu Ihrer Kindheit zurück. Was verbindet Sie noch mit Ihrer Geburtsstadt Mikstat?

Mein Bruder wohnt noch dort, auf dem Friedhof sind meine Eltern begraben. Dort habe ich auch ein Grundstück geerbt. Es liegt sehr malerisch. Ab und zu fahren wir dahin. In der Stadt gibt es zwei Kirchen – eine hölzerne aus dem 17. Jahrhundert, bei deren Renovierung mein Vater tätig war und eine Pfarrkirche – Dreifaltigkeitskirche, wo sich eine ganz gute Orgel befindet, auf der ich manchmal spielte.

ORGELSPIELER IM HEIMATORT

Sie als Orgelspieler?

Der örtliche Orgelmeister hat mir das Klavierspiel beigebracht und manchmal übte ich in der Kirche. Als ich vor kurzem zum Ehrenbürger der Stadt Mikstat ernannt wurde, erzählte ich diese Geschichte. Einige Male spielte ich während der Messe. Ich konnte immer den Schlüssel zu der Orgel nehmen und spielen, wann ich wollte. Eines Tages spielte ich während der Messe eine Melodie aus dem Film „Winnetou" und alle glaubten, es sei eine schöne fromme, kirchliche Musik.

Aber Messdiener waren Sie nicht?

Nein, obwohl ich manchmal eifersüchtig auf die Kollegen war. Sie erzählten mir von dem einfacheren Zugang zum Messwein. Und natürlich verdienten sie viel, wenn sie mit dem Priester kurz nach Neujahr den üblichen Besuch bei den Leuten abstatteten. Sie bekamen Süßigkeiten und Geld. Sie hatten immer tolle Ideen zum Spielen. Einer konnte die ganze Messe auf Latein sprechen und singen. Und einmal haben wir eine Beerdigung für Nachbars Huhn gemacht: eine feierliche Beerdigung, während der die ganze Messe auf Latein gesungen wurde! Solche Ideen hatten wir!

Werden Sie ab und zu nach Mikstat oder Ostrzeszów eingeladen, um so, wie es damals mit dem Kosmonauten der Fall war, an einem Treffen mit den Jugendlichen teilzunehmen?

Nein, ich war ein oder zwei Mal dort. In Mikstat habe ich den Titel des Ehrenbürgers bekommen und in Ostrzeszów bekam ich den Preis „Mensch des Jahres in der Gemeinde Ostrzeszów". Während der Feierlichkeit sang für mich ein Schulchor. Der Dirigent des Chores war mein Schulkamerad aus der Grundschule.

Mit einem Aufenthalt in meiner Heimatstadt ist eine schöne Geschichte verbunden. Als ich zum Oberbürgermeister von Breslau gewählt wurde und schon einige Jahre im Amt war, also ich war schon kein Unbekannter mehr, war ich dort bei meinem Bruder zu Besuch. Ich musste etwas aus der Apotheke holen. Ich parkte mein Auto nicht ganz richtig, und nachdem ich aus der Apotheke rauskam, stand ein Polizist neben meinem Wagen. Der Polizist verlangte einen Ausweis von mir. „Oh, Herr Dutkiewicz" – sagte dieser. Ich dachte sofort, er hat mich erkannt, da ich Oberbürgermeister von Breslau bin. Aber in Wirklichkeit sagte er: „Ich lasse Sie frei, Ihr Bruder behandelt mich".

Bei den Pfadfindern und im Widerstand

Sie waren viele Jahre bei der Pfadfinderbewegung tätig. Kann man sagen, dass diese Tätigkeit einen Einfluss auf Ihre spätere Mitarbeit bei Solidarność hatte?

Vor allem war hier mein Zuhause, also meine Eltern und meine Erziehung und die Pfadfinderbewegung sehr wichtig. Noch als Student war ich als Pfadfinder tätig, als Instruktor und hatte die Möglichkeit,

Ein großer Teil der Ausstellung im neuen Geschichtszentrum „Zajezdnia" ist dem Thema der Solidarność gewidmet (Foto: Małgorzata Urlich-Kornacka)

unsere Helden kennenzulernen, die an berühmten Aktionen während des Zweiten Weltkrieges teilnahmen. Also durch den Kontakt mit den Menschen war mir später die Thematik des Kampfes in der Solidarność sehr vertraut. Ich habe mich in der antikommunistischen Tätigkeit noch vor den 1980er Jahren engagiert. Dann lernte ich Kornel Morawiecki – den Aktivisten der demokratischen Opposition in den Zeiten der Volksrepublik von Polen – kennen. Nachdem am 13. Dezember 1981 der Kriegszustand ausgerufen wurde, habe ich noch am gleichen Tag die erste Untergrund-Druckerei in Gang gesetzt. Danach teilte sich Solidarność in verschiedene Zweige. Kornel Morawiecki war der Vorsitzende der radikalen Fraktion, der sogenannten Kämpfenden Solidarität („Solidarność Walcząca"), die für mich zu radikal war. Bald wechselte ich die Fraktion und begann, mit Władysław Frasyniuk zu arbeiten und bis zu seiner Festnahme war ich einer von den Vermittlern mit der „Außenwelt".

Sie haben auch ein eigenes Pseudonym bekommen?

Jeder musste ein Pseudonym haben. Ich war unter dem Namen „Borys" bekannt. Der Sicherheitsdienst, der mich verfolgt hat, gab mir einen anderen Namen – „017". Vielleicht deshalb, weil ich in der Stud-zienna-Str. 11/17 wohnte. Und weil ich verantwortlich für Kontakte mit der Dominsel war, unter anderem mit Kardinal Gulbinowicz oder Bischof Dyczkowski. So erfuhr ich später, dass meine Anwesenheit hier so kommentiert wurde: „017 ist zum Vatikan gegangen".

„BORYS" UND DIE „80 MILLIONEN"

Sie haben der örtlichen Solidarność geholfen, indem Sie kleine Summen vom Kardinal abgeholt haben und die üblichen Sachen, wie zum Beispiel Einkäufe für die Widerstandskämpfer erledigt haben. In dem Film von Waldemar Krzystek „80 Millionen" wird darüber berichtet.

Es war spannend. Der Erzbischof, später Kardinal, wollte beim Geld-übergeben einen Zeugen haben – deshalb rief er immer einen anderen Bischof, Adam Dyczkowski, zu sich. Und weil er Angst hatte, vom Geheimdienst abgehört zu werden – zu Recht, wie sich später herausstellte – verwendete er eine bestimmte Art von Chiffre, während er sprach. Diese Chiffre konnten aber nicht alle richtig entziffern – jedenfalls der „Zeuge" Adam Dyczkowski nicht. Eines Tages, als ich mit meiner Kollegin zum Erzbischofspalais kam, um etwas Geld abzuholen, rief der Kardinal den Bischof zu sich. Als dieser in den Salon eintrat, sagte der Kardinal mit theatralischer Stimme auf uns zeigend: „Die Schwestern sind gekommen, um das Geld für den Waisenhort abzuholen". Bischof Dyczkowski hat die Worte nicht verstanden. Er breitete seine Arme aus und sagte zu mir: „Hallo, lieber Rafael!" Darauf rief der Kardinal laut: „Hier gibt es keinen Rafael. Die Schwestern sind gekommen, habe ich gesagt!" Diese Szene wurde etwas verändert von Waldemar Krzystek verfilmt. In dem Film, der den Titel „80 Millionen" trägt, werden die Solidarność-Aktivisten, die von der Bank mit den großen Taschen zum Erzbischofspalais kamen, so begrüßt: „Grüß Gott liebe Obstanbauer. Ich habe schon von oben

Der Blick auf die Dominsel von der Domaussichtsplattform
(Foto: Małgorzata Urlich-Kornacka)

gesehen, wie viele reife Äpfel und Birnen Sie mir brachten. Vergelt's Gott für diese herrliche Gabe!"

Der Regisseur Waldemar Krzystek bewunderte Sie, dass Sie den Mut hatten, die größte Brücke der Stadt, die Grunwaldzki-Brücke (ehemalige Kaiserbrücke) für zwei Tage zu schließen. Er nannte Sie „Leon. The Proffesionalist".

Damals sah ich dem Schauspieler Jean Reno, der in dem Film von Luc Besson den „Léon. The Proffesionalist" spielte, ganz ähnlich. Einmal sogar dachte eine Französin, ich sei wirklich Jean Reno. Sie wollte mit mir sprechen, natürlich auf Französisch. Als ich ihr nicht antwortete, denn ich spreche kein Französisch, dachte sie, ich sei im Urlaub und möchte anonym bleiben! Als Waldemar Krzystek den Film drehte, wollte er die Demonstration der Uneinigkeit schildern und die berühmte Schlacht der „Kämpfenden Solidarność" auf der Grunwaldzki-Brücke zeigen.

Durch Solidarność in Breslau angekommen

Waren Sie in den 1980er Jahren auf der Brücke und haben Sie ge-kämpft?

Nein, ich gehörte der Solidarność-Fraktion, die nicht so militant war, an. Wir hatten Angst vor Repressionen, einer Spirale der Gewalt und waren nicht dafür, militärisch zu kämpfen und auf diese Art und Weise zu demonstrieren. Aber diese große Demonstration bildete ein sehr wichtiges Ereignis in der Geschichte der Stadt. Ich wollte, dass der Film entsteht und wusste, das wird ein guter Film. Als der Regisseur Krzystek die Brücke für die Schlüsselszene haben wollte, sollte er sie auch haben. Warum war das für mich so wichtig? Ich habe bereits erwähnt, dass die Solidarność-Bewegung in Breslau sehr stark war. Diese Legende wollte ich fortsetzen und am besten macht man das durch einen Film. Die Solidarność spielte für Breslau noch eine andere ganz wichtige Rolle: Breslau ist eine Stadt der Neuansiedler. Die vertriebenen Deutschen mussten die Stadt verlassen, und sie wurde von den teilweise vertriebenen Polen besiedelt. Also es kam zu einem hundertprozentigen Bevölkerungsaustausch. Ehrlich gesagt, brauchten wir wirklich viel Zeit, die Stadt als eigene Stadt zu empfinden und uns hier wie zu Hause zu fühlen. Die Unsicherheit, wenn es um die westliche Grenze Polens geht, blieb in den meisten Köpfen sehr lange. Ich glaube, unser erstes souveränes Recht auf die Stadt, auch mental, wurde dank der Solidarność möglich. Meiner Meinung nach war der Streik, der mit dem Straßenbahndepot in der Grabiszyńska-Str. verbunden war, der erste Punkt, seitdem wir uns hier in Breslau wie zu Hause fühlen konnten. Nachdem wir souverän wurden, also die Stadt als unsere Stadt betrachten, können wir ganz offen sein und uns für die komplizierte, multikulturelle Geschichte der Stadt, also auch für die lange deutsche Geschichte von Breslau öffnen. Deshalb war die Zeit der Solidarność so wichtig. Ich wollte, dass auf dem Gelände des Straßenbahndepots ein Museum der Geschichte entsteht und …

Die Schlussszene aus dem Film „80 Millionen" von Waldemar Krzystek wurde auf der Grunwaldzki-Brücke gedreht (Foto: Jarosław Sosiński©mediabrigade)

Deshalb hatten Sie Mut, die größte Brücke der Stadt zu schließen, um die Bedeutung zu betonen? Der Regisseur erzählte, er habe noch nie im Leben so viele Schimpfwörter über sich selbst gehört ...

Man musste einfach die Brücke schließen. Der Regisseur sagte, er kann nicht eine der wichtigsten Szenen aus der Geschichte der Stadt, vielleicht des Nachkriegspolens auf einem kleinen Oderübergang drehen. Deshalb wurde die Brücke am 4. und 5. September 2010 geschlossen. Damals ging es noch. Heutzutage wäre die Welle der Internetproteste bestimmt ganz groß. Damals hatte man bei den Einwohnern noch einen großen Vertrauenskredit. Der Regisseur hat das auch gut vorbereitet – die Zeitungen und die Nachrichten haben die Einwohner eingehend informiert und wir bereiteten die Umleitungen vor. Jeder der Statisten, der in diesem Film spielte, bekam ein spezielles Diplom für die Teilnahme. Man hat sich auch bei den Fahrern entschuldigt. Ganz viele Personen nahmen an den Dreharbeiten teil. Viele waren verärgert, aber es gab auch eine große Gruppe, die zufrieden war.

Sie hatten keine Lust, als Statist teilzunehmen und das nachzuholen, was Ihnen damals entgangen ist?

Nein, meine Aufgabe war, das Ganze zu kontrollieren, damit der Film entstehen kann.

Dank der Solidarność haben Sie Ihre Frau kennengelernt? Denn Sie waren oft auf der Dominsel, um kleine Summen von diesen 80 Millionen abzuholen?

Nachdem der Kriegszustand ausgerufen war, berief der Erzbischof für die Betroffenen, ihre Familien oder die Internierten ein Erzbischöfliches karitatives Komitee. Meine Frau leitete das Ganze organisatorisch. Nach einiger Zeit kamen zu verschiedenen Kirchen Spenden aus dem Ausland: vor allem Medikamente, Hygieneartikel, aber ab und zu Papier. Das letzte interessierte mich am meisten: Papier wurde reglementiert und man konnte es nicht einfach kaufen. Wir brauchten Papier für unsere Untergrundtätigkeit, um die Flugblätter und Zeitungen herauszugeben. Ich ging zu einem Priester und fragte ihn nach Papier. „Das musst Du mit Anna Janicka absprechen, die hier das Ganze leitet" – sagte dieser. Auf diese Art und Weise, also dank dem Papier und dank der Konspiration lernte ich meine spätere Frau kennen. Papier hat sie mir zwar nicht gegeben, aber wir begannen, uns zu treffen. Einige Zeit später heirateten wir.

ZWEIMAL WELTERBE: JAHRHUNDERTHALLE UND HEINRICHAUER BUCH

Ja, hier in dem Dom, bei dem 16 Fahrzeuge des Sicherheitsdienstes standen ... Wo fand die Taufe der Kinder statt?

Joachim wurde in der kleinen Ägidienkirche getauft, Justyna im Dom. Der Dom ist für mich besonders wichtig. Eine der letzten

*Die Dominsel bei Nacht. Der Blick auf die Dombrücke und den Dom
St. Johannes des Täufers* (Foto: Marek Maruszak)

Sachen, die ich als Oberbürgermeister unternahm, war die Rückkehr des Bischof-Jerin-Altars in den Dom. Aber nicht, weil ich gläubig bin. Die Dominsel soll eine große touristische Attraktion werden. Es ging darum, dass man den Touristen außer dem Blick vom Domturm noch etwas zeigt. Der silberne Altar von Bischof Jerin ist ein richtiges Kunstwerk. Bald kommt auch das Erzdiözesanmuseum dazu: hier gibt es das Bild von Lucas Cranach „Madonna unter den Tannen" und das Heinrichauer Buch mit dem ersten auf Polnisch geschriebenen Satz.

Zu Ihren größten Erfolgen zählt die Eintragung des Heinrichauer Buches auf die UNESCO-Liste?

Es gibt zwei UNESCO-Listen – eine, die Objekte betrifft und eine, die Dokumente umfasst: die wichtigsten Dokumente der Welt. Es ist toll, dass wir die Jahrhunderthalle auf einer Liste haben und das Heinrichauer Buch auf der anderen. Im Jahre 2016 wurde Breslau nicht nur Europäische Kulturhauptstadt sondern auch die Welthauptstadt des Buches. Damals wurde das Pan-Tadeusz-Museum auf dem Ring eröffnet, das Museum, das dem wichtigsten polnischen Epos von Adam Mickiewicz gewidmet ist. Ich habe dem Ossolineum ein großes Bürgerhaus „Zur goldenen Sonne" auf dem Ring geschenkt, für die größte Reliquie des polnischen Dichtertums. Es entstand eine Art von literarischer Route: das Pan-Tadeusz-Museum auf dem Ring, dann das Ossolineum und am Ende der Route soll das Erzbistumsmuseum mit dem Heinrichauer Buch sein.

WUNDERSAME SANIERUNG
DER HOCHBERGKAPELLE

Auf noch eine Sache sind Sie besonders stolz. Nämlich, dass die barocke Hochbergkapelle in der griechisch-katholischen Kirche so viele Jahre nach dem Krieg endlich wiederaufgebaut wurde?

Die Jahrhunderthalle ist seit 2006 UNESCO-Weltkulturerbe
(*Foto: Małgorzata Urlich-Kornacka*)

Die barocke Hochbergkapelle, die Adelsfamilie von Hochberg war Schlesiens größtem Schloss Fürstenstein sehr verbunden, wurde in den letzten Tagen des Zweiten Weltkrieges total zerstört und erst jetzt, dank EU- und den städtischen Mitteln wiederaufgebaut. Wenn Polen nicht in der EU wäre, wäre der Wiederaufbau nicht möglich gewesen. Dort befindet sich eine wunderschöne Figur: Gottvater sitzt oben. Diese Skulptur zerbrach in fast 2000 Teile. Die Konservatoren klebten alle diese Teile zusammen. Es fehlte der Kopf von Gottvater und man hat ihn nach vielen Wochen gefunden – er war bei einem der Professoren auf seinem Schreibtisch. Er dachte es sei ein Zeuskopf. Aber es fehlte der Sarg von den Hochbergs und niemand wusste, wohin er verschwand. Eines Tages löste ich zufällig das Geheimnis. Als ich in der Krypta in der Adalbertkirche auf dem Dominikanerplatz war, sah ich dort einen unpassenden Sarkophag. Ich fragte nach ihm und man erklärte mir, das ist der Sarg von Hochberg. Als 1997 das Jahrhunderthochwasser in Breslau war, wurde der Sarg schnell zu den Dominikanern verlegt und dann vergessen. Mein Gott – was für ein Glück, dachte ich mir. Also dank einem völligen Zufall kehrte der Hochbergsarkophag an seinen ursprünglichen Ort zurück. Ich erzähle das alles, nicht um zu zeigen, dass ich so gläubig bin, sondern um darzustellen, dass sehr vieles für die Rettung des gemeinsamen Erbes gemacht wurde. Bei der multikulturellen Geschichte unserer Region spielen die Kirchen eine sehr wichtige Rolle – als Zeugnisse der Geschichte. Es ist wichtig, sie zu pflegen.

Ähnlich war es auch mit der Synagoge. Dank unseren Bemühungen bekam die jüdische Gemeinde ihre Synagoge zurück. Die Stadt kann keine neuen sakralen Bauten errichten. Aber sie kann sich um die alten und historischen Baudenkmäler kümmern.

Schwieriger Start und erste Reformen

Herr Oberbürgermeister, als Sie Ihre Amtszeit begannen, hatten Sie wenig Erfahrung mit dem Stadtmanagement. Sie gaben zu, Sie hatten Intuition und etwas Wissen aus der eigenen Firma. Was hat Ihnen geholfen? Welche Schwierigkeiten gab es am Anfang? Welche waren Ihre ersten Herausforderungen und Erfolge?

Schon am Anfang meiner Amtszeit – ich wurde im November 2002 gewählt – musste ich mich mit einigen Sachen gleichzeitig beschäftigen. Eine der ersten wichtigsten Aufgaben war die Digitalisierung der Stadtverwaltung. Man kann sich das schwer vorstellen, aber noch im Jahre 2003 funktionierte im Stadtamt die sogenannte „Maschinenhalle". In dem Gebäude auf dem Neumarkt saß in einem großen Saal eine Sektion der „Maschinistinnen", die Texte von ihren Büroleitern bekamen, um sie auf der Schreibmaschine sauber zu schreiben. Für mich war die Sache absolut unakzeptabel. So beschloss ich, das Amt möglichst schnell zu digitalisieren. Es ging nicht nur um das Erfassen von Texten, sondern generell. Ich musste erhebliche Mittel für diesen Zweck bereitstellen, denn es waren keine oder nur wenige vorgesehen. Aber es ist gelungen.

„Neue Besen kehren gut" – sagt ein bekanntes Sprichwort. Haben Sie sich nicht dadurch die ersten Kritiker zugezogen?

Es gab selbstverständlich einige Schwierigkeiten. Vor allem die älteren Beamten wollten anfangs die Computer nicht nutzen. Aber im Großen und Ganzen wurde es positiv aufgenommen.

Und danach?

Meine zweite Herausforderung war mit riesengroßen Schlangen verbunden, die immer vor dem Stadtamt zu sehen waren. Die längsten bildeten sich vor dem Verkehrsamt, wo man die Zulassungsscheine für die Autos abgeholt hat. Und für diese Angelegenheiten war ein konkretes Büro im Stadtamt verantwortlich. Ich habe persönlich mit den Leitern dieser Abteilung gesprochen und bat sie darum, schnell eine Lösung zu finden, damit die Breslauer nicht so lange warten müssen. Leider war alles, was vorgeschlagen wurde, für sie zu kompliziert und nicht realisierbar. Ich habe also die einfachste Lösung gefunden – das Büro aufgelöst und die Aufgaben dem Sekretär des Amtes übergeben. Mit der Zeit entstanden die speziellen Kundenzentren für die Einwohner, in der Form, in der es sie bis heute gibt: modern und auf die Kunden eingestellt. Die damaligen Bittsteller wurden seit dieser Zeit zu Kunden: die Rollen wurden getauscht. Die Breslauer bekamen die Möglichkeit, alles an einem Ort zu erledigen.

Investitionswellen nach dem EU-Beitritt

Es war damals überhaupt für Polen die Zeit des großen Umbruchs?

Besonders sichtbar war das 2003, als Polen kurz vor dem EU-Beitritt stand. Polen ist 2004 Mitglied der EU geworden, aber Verhandlungen wurden schon früher geführt. Damals war es noch nicht sicher, ob wir EU-Mitglied werden, aber es war sehr wahrscheinlich, denn wir erfüllten alle uns gestellten Bedingungen. Mit dem EU-Beitritt Polens waren große Investitionswellen verbunden. Man konnte sie jedenfalls schon deutlich spüren. Die Amerikaner wollten auf dem Gebiet der Europäischen Union investieren und nach 2004 dachten sie dabei im Hinblick auf die niedrigeren Arbeitskosten an die östlichen Teile der EU. Es gab also eine amerikanische Welle, dann eine asiatische (koreanische, japanische und chinesische) und noch die dritte: westeuropäische Firmen suchten nach billigeren Arbeitskräften, um die Produktions- oder Dienstleistungskosten zu vermindern. Das hat sich deutlich vom Westen nach Osten verschoben. Auf diesem Feld zeigte sich meine stärkste Kompetenz, denn früher arbeitete ich als Personalberater, „Head hunter". Im Vergleich zu mir hatten die anderen Oberbürgermeister weniger wirtschaftliche Kompetenzen. Sie hatten in anderen Bereichen Erfahrung – politisch oder administrativ. Es ist natürlich kein Vorwurf an sie, so war es meistens in den damaligen Zeiten, aber ich spürte sofort, dass es eine große Chance für Breslau ist. In der ersten Phase, schon nach dem EU-Beitritt Polens, übernahmen wir etwa 60 Prozent aller Investitionen in Polen. Ich habe damals schnell bemerkt, dass die Firmenchefs nach einem neuen Investitionsplatz suchten. Und dass sie, wenn sie in einem fremden Land investieren, einen Projektleiter brauchen. Also eine Person, die die Sprache und die Vorschriften des Landes kennt. Eine Person, die von Anfang bis Ende an dem Prozess dranbleibt, bei bürokratischen Schwierigkeiten hilft und auf Mentalitätsunterschiede hinweist. Solch ein Projektleiter sollte fließend die Fremdsprache beherrschen und eine Art von Begleitperson für den Investor sein, auch nach dem Treffen der Investitionsentscheidung. Mit so einer Betreuung haben wir mehrere Firmen unterstützt, auch Firmen, die schon etwas früher in Breslau investierten.

TRICKREICHE INVESTORENWERBUNG

Damals war Polen noch überhaupt kein Begriff für die Investoren?

Man muss berücksichtigen, dass dies völlig andere Zeiten waren. Eines Tages meldete sich z.b. bei mir der Hauptgeschäftsführer der Firma Volvo, der Brasilianer Roberto Teixeira. Er telefonierte erschrokken und ratlos, dass der Strom abgeschaltet sein soll. Damals war es einfach so, dass für einige Momente der Strom fehlte. Ich musste rasch dafür sorgen, dass die Fabrik genügend Strom bekommt. Mit solchen Angelegenheiten befassten wir uns. Der Chef war später bis zum Ende dankbar, dass die Produktion der Busse fortgesetzt werden konnte. Er half uns später mit Sachen, die unschätzbar sind, nämlich Referenzen. Als ein neuer Investor kam, um sich umzuschauen, traf er sich natürlich mit mir – ich lobte die Stadt in jeglicher Hinsicht – ich erzählte, dass das eine akademische Stadt ist, dass wir nah an der Autobahn liegen. Zwar war sie schon alt, aber immerhin gab es eine. Ich erzählte über den Flughafen und Entwicklungspläne und dann fügte ich hinzu: „Wenn Sie mir nicht glauben, gehen Sie bitte zu einem der früheren Investoren". Wir schickten sie zur Firma Volvo und zu Roberto. Oft fragten sie dort persönlich nach den Referenzen.

Heutzutage wäre das viel komplizierter ...

In der nächsten Etappe – das muss unterstrichen werden – haben wir uns auch um polnische Unternehmen gekümmert. Sie haben sich oft an die ausländischen Investoren angeschlossen, um mit ihnen zu investieren oder standen in Konkurrenz zu ihnen. Wir machten auch die Kontakte auf der staatlichen Ebene leichter, gemäß nationaler und europäischer Gesetzgebung. Wenn der Investor alle Bedingungen erfüllte, zum Beispiel er investierte für längere Zeit, das Ausmaß der Investition war für die Stadt und die Region bedeutend und er stellte viele neue Arbeitsplätze zur Verfügung, unterstützten wir ihn gern. Durch die Polnische Agentur für Ausländische Investitionen konnte man verschiedene Fördermittel bekommen. Wir bemühten uns, die Investoren auf alle mögliche Art und Weise anzulocken. Ich kann mich erinnern, mit einem Investor war ich persönlich in Warschau, um ihn dem damaligen Ministerpräsidenten vorzustellen – das machte natürlich einen guten Eindruck. Als wieder Whirlpool in Polen investieren sollte, wandten wir so einen Trick an: als unser Staatspräsident Aleksander Kwaśniewski in den USA landete, holte ihn dort die Regierungsdelegation ab. Die erste Frage, die dem polnischen Präsidenten gestellt wurde, lautete: „Was wird mit der Investition von Whirlpool in Breslau? Wird Polen dabei helfen?"

Wirklich schlau gemacht. Aber für diese Lobbying-Tätigkeiten mussten Sie entsprechende Menschen haben?

Um auf diese Art und Weise zu arbeiten, habe ich eine Arbeitsgruppe aus Mitarbeitern ins Leben gerufen. Diese Gruppe hat sich mit dem „Herausfischen" ausländischer Investitionen beschäftigt. Sie wurde

Auf dem Wrocław Global Forum mit zwei ehemaligen polnischen Präsidenten: rechts Aleksander Kwaśniewski, links Bronisław Komorowski, 2014
(*Foto aus dem Archiv des Oberbürgermeisters*)

von den Journalisten als „Tiger-Brigade" bezeichnet. Ich bin nicht sicher, ob Breslau oder ich als „Tiger" gemeint waren. Aber dadurch hatten wir nach einiger Zeit sichtbare Erfolge. Schon bei den Wahlen hatte ich versprochen, dass jeden Monat eine neue Investition angekündigt wird. Und ich habe es beinahe geschafft. Es waren elf. Die zwölfte Investition kam im Januar dazu.

VON DER ARBEITSLOSIGKEIT ZUR VOLLBESCHÄFTIGUNG

Es war eine von Ihren Prioritäten: die Arbeitslosigkeit zu reduzieren. Sie betrug am Anfang Ihrer Amtszeit ca. 12-13 %, nicht wahr?

Am Anfang waren das 12 bis fast 14 Prozent und deshalb fing ich an, mich dringend damit zu beschäftigen. Nach einigen Jahren wurden wir erfolgreich. Im Jahre 2005 gab ich meinen Wählern das Versprechen, die Arbeitslosigkeit wird unter 10 % gedrückt – und es ist gelungen. Ich muss aber zugeben, ich hatte ein Team, das sich auch mit Analysen des Arbeitsmarktes beschäftigte und das im ständigen Kontakt mit dem Arbeitsamt blieb. Diese Gruppe leitete mein Freund Michał Jan Boni, Staatssekretär in der Kanzlei des Premierministers, der später zum Europaabgeordneten wurde. Er arbeitete eng mit mir zusammen, kam öfters nach Breslau, um diese Analysen durchzuführen. Wir gewannen damals nicht alle Investoren, die zu uns kamen, aber bestimmt die bedeutende Mehrheit.

Welche der Investitionen bereuen Sie? Welche sind Breslau vor der Nase weggelaufen?

Gleich zu Beginn, in der ersten Phase, gab es damals einige große Investitionsvorhaben, überwiegend mit der Autoindustrie verbunden, die nach Polen kommen sollten, wie etwa Peugeot, Citroën, Hyundai und so weiter. Leider ist nichts daraus geworden. Deshalb wollten wir unbedingt den LG-Konzern bei uns haben. Das war unser erster großer Erfolg – eine hervorragende Leistung! Man sollte es in den Schulbüchern als Vorbild zeigen. Dazu komme ich aber später.

In der ersten Phase nach dem EU-Beitritt wurde in Polen eine Reindustrialisierung durchgeführt. Auch in Breslau entstanden viele Arbeitsplätze in Gewerbegebieten. Ich war damit zufrieden, denn Breslau war früher für seine Industrie bekannt. Ein Jahr später erschienen auf dem Markt Dienstleistungsfirmen, die zum Beispiel im Finanzbereich oder anderen Dienstleistungsbereichen tätig waren. Eine von ihnen war die Firma IBM. Für mich war es klar: zuerst muss man Arbeitsplätze schaffen und dann immer bessere Arbeitsplätze. Aber man müsste darauf achten, dass die Proportionen erhalten bleiben. Die Welt entwickelt sich in diese Richtung, dass die Mehrheit der Arbeitsplätze im Dienstleistungsbereich entsteht. Für mich war aber besonders wichtig, eine bestimmte Zahl der Beschäftigten im Produktionsbereich zu halten. Im Fall des Breslauer Ballungsgebiets sind es bis heute etwa 25 bis 30 Prozent der Beschäftigten. Also der Fertigungssektor wurde von uns absichtlich entwickelt und fortgesetzt. Aber außer dem Fertigungsteil sorgten wir auch dafür, dass dazu neue Marketingzentren entstehen, oder noch besser: Forschungs- und Entwicklungszentren.

Nachhaltigkeit der Investitionen sichern

Breslau steht jetzt an der Spitze der Städte in Polen, die die größte Anzahl dieser Entwicklungs- und Forschungszentren haben?

Darum ging es eigentlich. Jede Investition, unabhängig davon, woher sie kommt, wird von einer Art der Unsicherheit begleitet. Auch von der Angst, dass die Investition nach einigen Jahren, auf der Suche nach immer geringeren Arbeitskosten, wieder abwandert. Man muss sie also an einem konkreten Ort verankern. Die Verankerung der Investition kann man auf verschiedene Art und Weise angehen: erstens durch Lebensqualität. Die, die hier arbeiten, müssen nicht nur mit der Arbeit, sondern auch mit dem Lebensstandard zufrieden sein, also mit Schulen, Kinos, Restaurants und so weiter. Zweitens durch örtliche Vernetzung. Es muss eine erfolgreiche Zusammenarbeit mit den örtlichen Subunternehmern geben, also mit den Firmen, die z.B. Produktionsstätten warten, Catering sichern oder die konkreten Teile zuliefern. Und drittens: durch ausgebildete Fachkräfte. Je mehr Ingenieure, desto besser. Ich möchte niemanden beleidigen, aber die Realität ist einfach so: es ist nicht schwierig einfache Arbeiter zu finden, die am Band stehen werden. Aber hochqualifizierte Arbeiter, die über ein bestimmtes Know-how verfügen, findet man nicht mehr so einfach. Ganz schwierig ist es, Ingenieure zu finden, die in den Forschungs- oder Entwicklungsbereichen arbeiten. So ein Forschungszentrum ist ein genialer Anker für eine konkrete Firma oder Fabrik. Dem galt unser ganzes Bestreben.

So haben Sie sich entschieden, einen amerikanischen Giganten und sein Dienstleistungszentrum nach Breslau zu locken?

Auf einer Etappe der Weltwirtschaftsentwicklung haben es die großen Konzerne verstanden, dass sie nicht an jedem Ort eine Personalabteilung, Buchhaltung- und Informatikabteilung haben müssen. Diese Dienstleistungen können an einem Ort konzentriert sein. Sie können durch das Telefon oder Internet erbracht werden. Das vermindert wesentlich die Kosten. Für mich war es klar, dass sich einige Länder in diesen Dienstleistungsbereichen spezialisieren werden, so hat Indien zahlreiche solcher Zentren. Aber die Welt brauchte auch Zentren in anderen Zeitzonen und in den Ländern, die für europäische Investoren kulturell nicht so weitab liegen. Polen, das digital gut aufgestellt ist, eignete sich dazu. Man musste das nur zeigen und anfangen, diese Zentren bei uns zu etablieren. Um das erfolgreich durchzuführen, mussten wir den Investoren beweisen, dass wir genug qualifizierte Fachkräfte bieten können. Am Anfang war es einfach, denn in den 1980er Jahren gab es in Polen einen Baby-

Boom, der durch den Kriegszustand in Polen hervorgerufen wurde, als Jaruzelski uns den Strom abschaltete. Im Jahre 2004 traten diese Kinder in den Arbeitsmarkt ein. Andererseits gingen auch viele junge Menschen ins Ausland, um einen besseren Job zu finden. Ich leitete damals die Aktion „Kehrt zurück", die sich an die polnischen Migranten richtete. Die Zeitung „Gazeta Wyborcza" machte daraus einen Werbeslogan. Infolge dieser Aktion wurde ich zur Sendung „HARDtalk" von der BBC eingeladen. Diese Sendung haben sich 67 Millionen Interessenten angeschaut. Nachdem ich in der Sendung über Breslau erzählt hatte, kamen 49 Sender aus der ganzen Welt zu uns, sogar Al Jazeera, um zu sehen, was das für eine Stadt ist.

Einsatz für Jugend und technische Ausbildung

Zuerst wollten Sie aber nicht auftreten?

Als die Einladung zum HARDtalk kam, wusste ich nicht, was das ist und ich lehnte die Einladung ab. Einer von meinen Bekannten sagte: „Bist du wahnsinnig?! Du willst nicht bei HARDtalk in der BBC auftreten?!" Als ich mich erkundigte, was das ist, stimmte ich zu. Das Problem war, damals sprach ich noch ganz schwaches Englisch und die Sendung lief live. Aber der Stress und der Grad der Konzentration haben verursacht, dass ich es geschafft habe. Dann wurde ich sogar in einem polnischen Feuilleton gelobt: „Das ist ein toller Oberbürgermeister. Er reist nach London, um solche Sachen zu erledigen und präsentiert sich im HARDtalk".

Es ging also darum, die jungen Menschen zurück nach Polen zu locken?

Aber auch darum, die jungen Menschen vom Studium in Breslau zu überzeugen. Wir haben deshalb eine gesamtpolnische Tour begonnen, indem wir Breslau als Universitätsstadt hervorgehoben haben.

Nach den Besuchen riefen mich einige Oberbürgermeister an und sagten beleidigt: „Zu mir komm bitte nicht mehr". Wir haben auch ein System der Zusammenarbeit mit den Hochschulen in Gang gesetzt, u.a. wenn es ums Kreieren neuer Fachrichtungen geht. Ich bat auch die Rektoren der Technischen Universität (Politechnika Wrocławska), die Zahl der Informatiker zu verdoppeln, also das System so anzupassen, dass alljährlich zweimal mehr Absolventen Diplome erhalten können. Es ließ sich machen. Es stellte sich heraus, dass das gar nicht so teuer war. Man musste mehr Studenten annehmen, einige Personen einstellen, das Angebot verbreitern. Sie brauchten dafür zwei Millionen Złoty. Wir haben die Summe im Stadtbudget eingeplant und diese Aktion war erfolgreich. Natürlich nicht sofort, das war auch ein Prozess. Aber es haben sich wirklich zwei Mal so viele Informatiker als sonst gemeldet. Das war ein bestimmtes Signal für die Investoren. Um die Zahl der Studenten bei den technischen und informatischen Fächern konstant zu halten, machte ich noch etwas. Damals war Mathematik bei der Abiturprüfung noch nicht obligatorisch.

Gott sei Dank! Deshalb habe ich mein Abitur bestanden! Die armen Schüler müssen sich heute damit quälen!

Eingeführt habe ich es nicht in Polen, aber ich machte etwas anderes. Ich wandte mich mit einem Angebot an die Schuldirektoren und Rektoren der Hochschulen. Die Schüler, die fakultativ zur Abiturprüfung Mathematik wählten und dann das Studium an technischen Fachrichtungen fortsetzten, bekamen am Ende des Schuljahres einen Preis und von der Stadt ein Stipendium für das erste Studienjahr. Und das wurde realisiert. Breslau hatte über viele Jahre – aktuell weiß ich nicht, wie die Situation aussieht – hohe Zahlen bei technischen Fachrichtungen.

IBM und das Hosenbein in der Socke

Wie ist es gelungen, IBM nach Breslau zu bringen?

In dem Moment, als der Prozess der Schließung von vielen einzelnen Dienstleistungszentren kam, schauten die Vertreter der Firma in Richtung Mittel- und Osteuropa, um einen Ort für ein Zentrum zu finden. Diese Nachricht bekam ich von einer Bekannten, die in der Abteilung für Auslandsbeziehungen bei IBM arbeitete. Ich war vorbereitet, aber es war nicht so einfach, die Aufmerksamkeit des Giganten auf Breslau zu lenken. Wir erfuhren, dass der Hauptchef der Firma auf einer Konferenz in Berlin sein wird. Wir machten uns auf den Weg. Das war eine große Konferenz, die von dem damaligen Regierenden Bürgermeister von Berlin – Klaus Wowereit – begleitet wurde. Auf dieser Konferenz waren auch polnische IBM-Vertreter anwesend, die ich darum bat, mich dem IBM-Chef vorzustellen. Aber er war so eine wichtige Person, dass sie Angst hatten, überhaupt zu ihm zu gehen. Zum Glück bemerkte ich etwas, was mir geholfen hat. Während des Auftritts des IBM-Chefs sah ich, dass sein Hosenbein in einer Socke steckte. Bevor er aufstand, machte ich ihn auf diese Sache aufmerksam. Dann, so wie es typisch für die Amerikaner ist, kam er sofort mit mir ins Gespräch und fragte nach, woher ich komme. Ich antwortete ehrlich, ich bin aus Polen und kam extra hierhin, um ihn kennen zu lernen. Und dass ich ihn ermuntern wollte, in Breslau zu investieren. Ich erklärte, dass das eine Stadt 350 Kilometer von Berlin entfernt ist und gab ihm meine Visitenkarte. Natürlich glaubte ich nicht recht, dass etwas daraus wird. Zwei Tage später kam eine E-Mail, dass eine Delegation aus den USA kommt, um sich die Stadt anzuschauen.

Sie haben sich mit der Delegation so gut „beschäftigt", dass es zu einer positiven Entscheidung kam?

Ja, sie entschieden sich, in Breslau zu investieren. Aber um sie hier anzusiedeln, brauchten wir ein entsprechendes Bürogebäude. Wir haben heute ca. zwei Millionen Quadratmeter Bürofläche – jetzt wäre das kein Problem, aber damals hatten wir fast keine! Lange Zeit dauerte eine Suche nach den entsprechenden Flächen. Endlich fanden wir einen Investor, der in der Nähe unseres Technologie-Parks über ein Grundstück verfügte. Dort entstand letztendlich der Sitz von IBM. Der Investor entschied sich, zwei Bürogebäude für IBM zu bauen. Das alles war zeitlich sehr eng, aber man hat es letztlich realisieren können. Das Pech wollte, und es tut mir bis heute sehr leid, dass der Besitzer dieses Bauunternehmens zwei oder drei Wochen später starb. Das war eine private und eine Investitionstragödie: die Bank hatte die Kredite gestoppt. Also es gab keine Kredite für das wichtige Bauvorhaben und man war nicht imstande, diese Bürogebäude zu bauen. Wir mussten diese Situation retten. Ich begab mich zu dem Vorsitzenden der Bank, um die Lage zu erklären. Ich bat darum, die Kredite für diese Investition nicht zu stoppen. Der Bankdirektor sagte, er könne das nicht machen, denn er habe keine Garantie. Da haben wir uns entschieden, die Garantie für diese Investition zu geben. Ich versammelte eine Gruppe von Juristen um mich. Wir mussten das so gestalten, dass uns als Stadt erlaubt wird, diese Garantien zu geben. Wir haben das geschafft: der Vertrag wurde legal und gemäß polnischen Gesetzen unterschrieben. Die Bürogebäude wurden errichtet und so wurde der IBM-Konzern bei uns ansässig. Im Jahre 2009 startete das IBM Global Services Delivery Center in Breslau die größte Investition von IBM in Polen. Anhand von diesem Beispiel wollte ich schildern, dass derartige Aktionen damals sonst niemand unternahm.

ERFOLGREICHES RINGEN UM DEN LG-KONZERN

Sie mussten mit gutem Beispiel vorangehen, etwas Neues wagen.

Man muss noch eine Sache berücksichtigen: damals bedeutete der Begriff „Breslau" vielleicht etwas im deutschsprachigen Raum, war aber völlig fremd für die ausländischen Investoren. Für Franzosen, Amerikaner und andere gab es in Polen drei Städte: Warschau als

Hauptstadt, Krakau als historische Hauptstadt von Polen und Danzig als Solidarność-Stadt. Breslau oder Wrocław war für sie ein wenig oder gar nichts sagender Begriff. Um Warschau oder Krakau zu überholen, mussten wir uns sehr anstrengen. Aber wie das Beispiel von IBM und vieler anderer Firmen zeigt, ist uns das ganz gut gelungen.

Besonders stolz sind Sie auf die LG-Investition?

Stimmt. Nach einigen Niederlagen mit großen koreanischen Konzernen, die am Anfang immer andere europäische Staaten, wie Tschechien oder die Slowakei auswählten, sagte einer meiner Freunde zu den Mitarbeitern der Polnischen Agentur für Investitionen und Handel: „Überlasst das dem Dutkiewicz. Er wird das erledigen". Denn es näherte sich der nächste Investor – die Firma LG. Diese Ansiedlung sollte zusammen mit der polnischen Regierung von Marek Belka und der Agentur ermöglicht werden. Die LG-Investition wurde dann auch von der Seite der Regierung, der Woiwodschaft und der lokalen Seite stark unterstützt. Mit dem Wort „lokal" meine ich die Gemeinde Kobierzyce (deutsch Koberwitz, 1937-45 Rößlingen), die südlich an Breslau grenzt. Denn dort wurde investiert. Für diese Investition brauchte man eine entsprechend große Fläche: die Fabrik sollte einige Tausend Personen einstellen. Hier sollten die Fernseher und die LED-Bildschirme für Mobiltelefone und Haushaltsgeräte produziert werden. Jetzt werden hier auch Akkus für E-Autos produziert.

Einer der grössten Industrieparks Europas

Damals war dieses Gebiet, wo die Koreaner investieren wollten, ein einfaches Feld ...

Wir mussten Wasser und Strom anschließen, das Gelände entsprechend entwässern. Dadurch, dass wir das Elektrizitätssystem ändern mussten, ist Breslau eine sichere Stadt geworden. Das heißt, die Energiemengen, die von verschiedenen Seiten geliefert werden, sind ausreichend, um allen möglichen Stromausfällen vorzubeugen. Diese Sache war ein zwei- oder dreijähriger Prozess, aber alles, was versprochen wurde, wurde erledigt. Einmal in der Woche, im Sitzungssaal über meinem Büro, trafen sich alle Vertreter, die bei dieser Aktion engagiert waren: ich eröffnete die Sitzung, dann übernahm der mit mir zusammenarbeitende Janusz Zalewski, der Chef der Breslauer Agentur für die Regionale Entwicklung, das Wort und zusammen gaben wir Anleitungen an verschiedene Institutionen, was zu erledigen ist. Dank dieser Zusammenarbeit bauten wir einen der größten Industrieparks Europas. Heutzutage würde wahrscheinlich niemand imstande sein, das so durchzuführen. Einerseits bekamen wir ein fertiges, für den Bau entwickeltes Gelände, wo die nächsten Investoren kommen konnten, andererseits zeigten wir, dass wir etwas in die Wege leiten können. Bei dieser Gelegenheit machten wir einige positive Dinge für die angrenzende Gemeinde und für Breslau selbst. Mir scheint, dass ein so konzentriertes Projekt noch nirgendwo so realisiert werden konnte. Mindestens nicht in solchem Maßstab und nicht im 21. Jahrhundert.

AUS DER PROVINZ AN DIE SPITZE EUROPAS

Aber auf die sichtbaren Ergebnisse musste man nicht mehr lange warten?

Dank dieser Investition – die Firma LG stellte ca. 7000 Menschen ein – kann man sich leicht vorstellen, was für ein Antriebsmechanismus das für die Region war, und dank der anderen, die danach folgten, ist Breslau zu den schnellst entwickelnden Städten geworden, wenn es um den BIP-Indikator geht. Das war das erste sichtbare Ergebnis. Das zweite: wir schufen in dem Breslauer Ballungsgebiet in den ersten Jahren nach dem EU-Beitritt Polens ca. 400.000 neue Arbeitsplätze! Es gibt eine Untersuchung von Eurostat (Statistisches Amt der Europäischen Union), die zeigt, dass wir auf diesem Gebiet zum Meister Europas geworden sind. Um das genau zu schildern: in Europa gibt es 276 Regionen, in Polen würde man sagen Woiwodschaften. Unter ihnen, wenn es um die Dynamik der Schaffung von Arbeitsplätzen im Zeitraum 2006-2016 geht, ist Niederschlesien Nummer Eins. Mindestens 50 bis 60 Prozent dieser Arbeitsplätze, die damals auf dem Gebiet Niederschlesiens entstanden sind, entstanden in Breslau.

Also Niederschlesien mit Breslau wurde zum ersten Mal Europameister!

Im Jahre 2019 wurden die Ergebnisse einer weiteren Untersuchung veröffentlicht. Man untersuchte alle Städte der Europäischen Union, die mehr als 250.000 Einwohner haben. Man hat ihre Entwicklungsdynamik gemessen, aber nicht nur aus ökonomischer Perspektive. Verschiedene Kapitale, auch Arbeitsplätze, Humanressourcen und so weiter wurden gemessen und es stellte sich heraus, dass die Nummer Eins in der Europäischen Union die Stadt Dublin, danach Prag und auf dem dritten Platz Breslau ist. Das zeigt, was für einen Fortschritt diese „Provinzstadt" am Beginn des 21. Jahrhunderts machte. Sie ist auf den dritten Platz in Europa nach zwei Hauptstädten gesprungen.

Alles fing mit der Tiger-Brigade an und endete mit dem dritten Platz in Europa?

Darauf bin ich besonders stolz und hoffe, dass Breslau trotz der Pandemie-Zeit dieses Ergebnis halten wird.

Erfolgreicher Einsatz
für die Neugeborenen

Sie werden immer mit den großen wirtschaftlichen Erfolgen und den großen Events assoziiert. Oder mit der Tatsache, dass Breslau zu einer internationalen Stadt wurde. Aber gibt es noch ein Ergebnis, auf das

Sie sehr stolz sind? Ich spiele an auf die Anzahl der Neugeborenen.

Ja, die gesellschaftlichen und kleineren Projekte sind natürlich nicht so spektakulär. Es wird darüber wenig in den Medien berichtet. Es ist also einfacher darüber zu schreiben, dass die Firma IBM 5000 neue Arbeitsplätze schafft und dass zwei große Gebäude entstehen, als darüber, dass man Bäume in der Stadt gepflanzt hat oder dass man Kindergärten baut, obwohl in meiner Amtszeit ganz viele entstanden sind. Im Jahre 2006 oder 2008 kam Professor Witold Orłowski, der Wirtschaftsberater des Staatspräsidenten Aleksander Kwaśniewski, nach Breslau. Der Professor sagte mir, dass er zusammen mit PricewaterhouseCoopers verschiedene Parameter der ausgewählten Städte misst. Aber nicht nur BIP-Indikatoren, sondern auch weiche Indikatoren, die für die Zivilisationsentwicklung der Städte wichtig sind, wie etwa die Säuglings-Sterblichkeit. Es stellte sich heraus, dass Breslau ein katastrophales Ergebnis hatte. Die Säuglingssterblichkeit während oder kurz nach der Geburt wird in Promille gemessen. Unsere Sterblichkeitsrate betrug damals über 9 Promille! Ich habe mich deshalb intensiv mit dieser Sache beschäftigt, obwohl die Krankenhäuser nicht der Stadt unterstehen. Breslau hat kein einziges städtisches Krankenhaus. Alle Krankenhäuser unterliegen dem Marschallamt von Niederschlesien oder dem polnischen Staat. Als ich mit diesem Projekt begann – die Leitungsfunktionen bekam meine Stellvertreterin Anna Szarycz – dachte ich, das wird ein sehr teures Vorhaben werden und dass wir zum Beispiel eine neue Geburtenklinik bauen müssen. Es stellte sich heraus, dass man diese Sache mit einigen einfachen Lösungen durchführen konnte. Wir haben dafür nicht mehr als zwei bis vier Millionen ausgegeben – im Laufe einiger Jahre. Für die Stadt waren das eigentlich keine Kosten. Man musste die Mütter besser auf die Geburt vorbereiten, möglichst früh Komplikationen erkennen und einen besseren Gebrauch von den Ressourcen machen, über die die Krankenhäuser verfügten. Bei den schwierigeren Fällen musste eine möglichst frühe Diagnose eingeführt werden und die Fälle mussten besonders behandelt werden. Die Betreuung in den ersten Tagen nach der Geburt musste sich verbessern. Wir haben die

74

Personalzahl an einigen Abteilungen vergrößert – es waren vielleicht 10 Personen mehr in ganz Breslau. Mit so einfachen Lösungen, die meine Stellvertreterin Anna Szarycz in den Gesprächen, Konsultationen mit den Ärzten und Müttern erarbeitete, konnten wir ein hervorragendes Ergebnis erreichen.

Die Säuglings-Sterblichkeit wurde drei Mal weniger.

Das Ergebnis ist aus zwei Gründen wichtig, erstens: die Sterblichkeit ist gesunken, das heißt, man rettete das Leben vieler Neugeborener. Zweitens: die Zivilisationsparameter in Breslau sind gestiegen, denn die Sterblichkeitsrate wurde vermindert. Ich hoffe, dieses Projekt wird fortgesetzt, denn es ist wichtig und es kostet die Stadt nicht viel Geld. Um die Wichtigkeit des Projekts hervorzuheben, beschloss ich, jedes Jahr kurz vor Weihnachten – also vor der wichtigsten Geburt in der Weltgeschichte – ein Geschenk von der Stadt für die Krankenhäuser für Gynäkologie und Geburtshilfe zu machen. Früher fragten wir danach, was besonders notwendig ist. In einem Jahr baten sie um Gebärräder für die Mütter, im nächsten Jahr um spezielle Wannen für Geburten, dann spezielle Ultraschallgeräte. Jedes Jahr kostete das die Stadt etwa 100.000 Złoty – es war nicht viel Geld, brachte aber viel Nutzen.

Ja, zusätzlich verschenkt die Stadt Breslau den neugeborenen Breslauern ein Geschenk-Set, in dem sich unter anderem eine CD mit Kinderliedern befindet, die von den Musikern des Nationalen Musikforums aufgenommen wurde. Oder was ich besonders süß finde, eine Eintrittskarte für die Stadtbibliothek. Und selbstverständlich „Gadgets" mit den Breslauer Zwergen.

Das stimmt. Ehrlich gesagt, diese Aktivitäten und das Projekt für die Lebensrettung der kleinen Breslauer und Niederschlesier, denn in den Breslauer Kliniken bringen Mütter aus der ganzen Region ihre Kinder zur Welt, hat mich besonders erfreut. Dabei lernte ich, dass die Effektivität nicht immer mit einem großen Kostenaufwand oder

Errichtung eines neuen Krankenhauses verbunden sein muss. Man muss alle zusammenbringen, die sich mit einer bestimmten Angelegenheit befassen, mit ihnen sprechen, das Problem analysieren und die Menschen entsprechend motivieren. Das System beginnt zu funktionieren. Wenn die Menschen, die zusammenarbeiten, kompetent, positiv eingestellt und motiviert sind, kann man vieles erreichen.

WIRTSCHAFTSFAKTOR HOCHSCHULEN

Die Schaffung von Arbeitsplätzen, Einführung von neuen Technologien, Verminderung der Sterblichkeitsrate. Welche Herausforderungen gab es noch für Sie? Sie sagten, Sie hatten keine Erfahrung, wenn es um das Stadtmanagement geht. Was bereitete Ihnen besondere Probleme?

Die Regeln sind einfach und bekannt, wenn es um das Stadtmanagement geht. Man muss sich mit entsprechend kompetenten Leuten umgeben und sie zum Handeln motivieren. Das ist mir, mindestens teilweise, gelungen. Ich bin kein totaler Insider, aber mich faszinierte schon immer das Thema Bildung. Das Bildungssystem in Polen sieht so aus, dass die Kindergärten, Grundschulen und Oberschulen der städtischen Verwaltung unterliegen, die Hochschulen und Universitäten dagegen dem polnischen Staat. Für mich war klar, die stärkste Seite von Breslau war und ist die Tatsache, dass wir eine Hochschul-Stadt sind. Wir haben über 100.000 Studenten bei uns. Das bildet an sich bereits einen wesentlichen Teil der Wirtschaft. Denn von diesen 120.000 bis 130.000 Studenten kommt die Hälfte außerhalb von Breslau. Sie mieten also Wohnungen, kaufen ein, müssen sich verpflegen. Die Breslauer Hochschulen, wenn man alle zusammenfasst, gehören zu den größten Arbeitgebern in der Stadt. Das ist also ein wesentlicher ökonomischer Teil von Breslau, für den man sorgen muss und auf den man auch besonders stolz sein kann. Denn viele junge Menschen ziehen Firmen und Investoren an. Weil viele

Studenten gewohnt sind – richtig oder nicht – ihre Freizeit nicht an den Hochschulen, sondern in den Kneipen zu verbringen, sieht das Antlitz der Stadt sympathisch aus.

Die amerikanischen Städte haben zumeist einen Campus, der außerhalb der Stadt liegt. Unser Vorteil ist, dass die Hochschulen und Universitäten eigentlich im Zentrum der Stadt liegen. Ich sorgte auch dafür, dass die Rektoren nie in die Versuchung gerieten, wegzuziehen. Wir haben sie mit Grundflächen unterstützt, als sie sich entwickeln wollten. Wir waren die erste und einzige Stadt, die trotz der Tatsache, dass wir dazu keinen übergeordneten Auftrag hatten, eine Spezialabteilung bildete, die sich mit den Kontakten zwischen der Stadt und den Hochschulen beschäftigte. Diese Abteilung befasste sich z.B. mit den Stipendien, von denen ich erzählte, oder der Mitfinanzierung verschiedener wissenschaftlicher Konferenzen, die in Breslau stattfanden. Mein Autorenprogramm war das Programm Visiting-Professors: es ist eine Reihe von Besuchen berühmter Wissenschaftler, Künstler und Geschäftsleute aus der ganzen Welt, die aus dem Stadtbudget finanziert werden. Solche Projekte haben wir durchgeführt.

Die größte Herausforderung war, als wir das European Institute of Innovation & Technology (EIT) nach Breslau holen wollten. Das Europäische Innovations- und Technologieinstitut ist eine Einrichtung der EU, die 2008 von der Europäischen Union errichtet wurde, um die Innovationsfähigkeit Europas zu stärken. Die Initiative stammte vom damaligen Vorsitzenden der Europäischen Kommission, José Manuel Barroso. Wir sind bis ins Finale gekommen, haben sogar Barcelona übersprungen, dann aber gegen Budapest verloren. Der Hauptsitz wurde nach Budapest verlegt. Wir haben aber ein eigenes Institut aus europäischen Mitteln EIT+ errichtet. Jetzt heißt das PORT (Polnisches Zentrum der Technologie-Entwicklung, Polski Ośrodek Rozwoju Technologii) und ist Teil des Łukasiewicz-Instituts. Das Zentrum funktioniert bis heute und erfüllt seine Aufgaben. Das ist sicher die Folge davon, dass wir uns frühzeitig um die Hochschulen und Universitäten kümmerten und die Zusammenarbeit mit dem Europäischen Technologischen Institut initiierten.

Wenn es um die Start-ups geht, befindet sich Breslau auch ganz oben auf der Rangliste?

Im Jahre 2019 wurde in Polen ein Bericht veröffentlicht, in dem es um die Entwicklung der Start-up-Unternehmen geht – also Firmen mit einer innovativen Geschäftsidee und hohem Wachstumspotenzial. Dort ist zu lesen: Wenn es überhaupt ein „Silicon Valley" gibt, dann ist es in Breslau.

AUFBAU EINER WISSENSCHAFTSBASIERTEN WIRTSCHAFT

Aber daran wurde auch einige Jahre gearbeitet?

Ich kann mich erinnern, zuerst sprach ich ganz viel über die Notwendigkeit der Errichtung der Autobahn-Umgehung. Dann war mein Thema die Notwendigkeit, die Wirtschaft auf das Thema Know-how zu lenken, eine wissensbasierte Wirtschaft aufzubauen. Immer wieder sprach ich bei verschiedenen Gelegenheiten über die Hochschulen und das Technologische Institut. Eines Tages erzählte mir mein Freund eine schöne Geschichte: Seine Frau, Stettiner Lehrerin, organisierte für ihre Abiturienten-Schüler ein Treffen. Auf dem Treffen fragte sie nach, welche Pläne die Schüler für die Zukunft haben. Neun Schüler wollten an der Technischen Universität studieren. Sie sagte, das sei toll, denn sie bleiben dann in der Stadt, denn in Stettin gibt es eine Technische Universität. Aber es stellte sich heraus, dass diese neun Personen nach Breslau gehen wollten! Wir haben diese Welle auch bemerkt.

Noch eine Geschichte, die lustig ist: im Jahre 2008-2009 führten wir in Breslau eine große Umfrage durch. Dabei wollten wir von den Breslauern wissen, was für sie am wichtigsten ist. Wir haben 5000 Personen befragt. Zuerst wollten wir ein geschlossenes Formular vorbereiten und dort einige von den Sachen, die für Breslau wichtig sind, erwähnen und sie ankreuzen lassen. Dann aber entschieden wir uns für einen riskanten Schritt: wir stellten eine offene Frage: Was ist am wichtigsten für die Stadt? Jeder konnte schreiben, was er wollte. Es stellte sich heraus – es war wohl schon bekannt, dass die Fußball-Europameisterschaft 2012 in Polen sein wird – dass auf dem ersten Platz der Bau eines neuen Flughafenterminals erwähnt wurde, auf dem zweiten Platz der Bau eines neuen Stadions, denn man wusste, wenn es ein neues Stadion gibt, werden die Spiele in Breslau organisiert. Auf dem dritten Platz haben die Breslauer den „Aufbau einer wissenschaftsbasierten Wirtschaft" erwähnt. Wir waren völlig überrascht! Man kann sich eine Familie vorstellen, die sich am Tisch über den Ausbau des Flughafens oder den Bau eines Stadions unterhält. Aber eine Familie, die über wissenschaftsbasierte Wirtschaft spricht – das ist schon unvorstellbar. Ich möchte damit sagen, dass sich unsere Betrachtungsweise und das Thema tief im Bewusstsein der Breslauer verankert hatte!

Herausforderung Flughafen

Der Ausbau des Flughafens war auch mit einigen Herausforderungen verbunden?

Ehrlich gesagt, sah unser alter Flughafen so aus wie ein englischer Flughafen zu Zeiten des Zweiten Weltkrieges: versteckt hinter der Scheune, damit man ihn nicht bemerkt. Ich wollte das ändern. Ich war sicher, dass meine Mitarbeiter verstehen, dass der Flughafen ein wesentlicher Antriebsfaktor der städtischen Wirtschaft ist. Im ersten Jahr meiner Amtszeit fragte ich nach dem Bau der Straße, die zum Flughafen führen sollte. Es stellte sich heraus, dass niemand Pläne für die städtische Entwicklung vorbereitete, dass die Stadt über keine Grundflächen und keine Finanzierungspläne verfügte. Alles musste von vorne an gemacht werden: es wurden Grundflächen von der polnischen Armee abgekauft, man baute die Straße und ein neues Terminal. Die Zusammenarbeit mit den billigeren Fluglinien wurde begonnen. Aber, dass zum Beispiel Ryanair uns anfliegt, kostete mich drei Jahre Arbeit. Ich war einige Male zu Besuchen in Irland und bekam mit, dass damals überhaupt nicht daran gedacht war. Also, dass sie Flüge nach Polen begannen, das war natürlich nicht mein Verdienst – das wurde aus Geschäftsgründen gemacht, denn in Irland arbeiteten viele Polen. Aber, dass Breslau die erste Stadt war, mit der man Verbindungen schaffte, das war schon mein Verdienst. Inzwischen wurden die Kontakte so intensiv, dass der Stellvertreter von Ryanair sogar zum Zahnarzt nach Breslau kam. Zuerst wurde wirtschaftlich über die Verbindung nachgedacht, dann stellte sich aber heraus, dass es auch zur Entwicklung des Tourismus beigetragen hat.

Gegen Schliessung von Kindergärten

Aus meiner Erfahrung muss ich zugeben, dass die Organisation auf dem Breslauer Flughafen hervorragend ist. Kurz nachdem man das Flugzeug verlässt sind schon die Koffer da! Es geht ruck, zuck.

Für uns war sehr wichtig, dass der Dienstleistungsstandard hoch ist. Noch kurz zum Bildungssystem zurück: Das Bildungssystem ist ganz gut parametrierbar. Denn die Ergebnisse der Reifeprüfungen lassen sich in Polen vergleichen. Der Inhalt ist sehr ähnlich. Als ich meine Amtszeit begann, war Breslau auf dem vierten Platz im polnischen Bildungssystem, nach Warschau, Krakau und Posen. Inzwischen haben wir Posen überholt und jetzt konkurrieren wir stark mit Krakau. An erster Stelle ist die Hauptstadt Warschau und dann abwechselnd: mal Krakau mal Breslau. Aber ein wesentlicher Fortschritt wurde gemacht. Ich musste gegen einige Tendenzen kämpfen: Die erste Herausforderung war so, dass nach den geburtenstarken Jahrgängen der langjährige Rückgang der Zahlen der Kinder kam. Deswegen wollte man sehr viele Kindergärten schließen. Ich bin aber davon ausgegangen, dass, wenn alles, was wir geplant haben, gelingt, viele Menschen zu uns kommen und bei uns Familien gründen werden. Wir werden also wieder einen Babyboom haben. Und es kam wirklich so. Damals rechnete ich nicht einmal mit einer sehr großen und positiven Zuwanderungswelle der Ukrainer zu uns nach Breslau. Das Stadtmanagement erinnert an die Arbeit eines Eisbrechers, der 1,5 Kilometer lang ist. Der Kapitän hält das Rad, er sieht einen Teil des Eisbrechers. Er dreht lange und schnell mit dem Steuer, aber der Eisbrecher verschiebt sich nur um zwei Zentimeter. Also, die Stadt von der Tendenz abzubringen, dass man die Kindergärten abschafft, war besonders schwierig. Aber ich habe es geschafft. Wir fangen an, neue Kindergärten zu bauen und darauf bin ich auch ganz stolz.

Für Technische und Berufsschulen

Der zweite Fakt, der in den 90er Jahren zu einer gesamtpolnischen Tendenz wurde, war der Prozess der Deindustrialisierung. Man hat die Arbeitsplätze in der Industrie abgeschafft. Damals war ein Bildungskonzept in Mode, dass man am besten den Kindern eine allgemeinbildende Ausbildung sichert. Also man hat die technischen und Berufsschulen abgeschafft. Für mich war es wichtig, die technischen Bildungsstätten wieder zu gründen, denn ich ahnte, es kommt eine Arbeitswelle und wir brauchen Ingenieure und Techniker mit einer mittleren Reifeprüfung.

Ja, es war ein Moment, wo die Berufsschulen mit oder ohne Abitur fast ausgestorben sind. Jetzt ändert sich die Situation langsam, mindestens wenn es um Berufsoberschulen mit Abitur geht.

Überhaupt, wenn es um Finanzierung geht, ist die Lage so, dass immer zu wenig Geld zur Verfügung steht. Die Breslauer Schulen waren in keinem guten Zustand. Während der 16 Jahre meiner Amtszeit wurden drei Mal Recherchen durchgeführt, was die Schulen brauchen. Es ist uns gelungen, einige Schulen zu bauen und über zwanzig zu renovieren. Das ist ein Prozess, der fortgesetzt werden muss. Diese

Betreuung bestand aus einigen Elementen: Wir bemühten uns, die finanzielle Lage der Schulen zu verbessern, sie auszustatten, Stipendienprogramme für die Schüler und Fortbildungsangebote für Lehrer vorzubereiten. Das Bildungssystem ist mit Zuschüssen, aber auch mit Steuern verbunden. Also die, die in der Stadt wohnen und arbeiten, tragen sehr oft Kosten von denen, die außerhalb der Stadt wohnen und ihre Kinder in die Stadt zur Schule schicken. Deshalb könnte der Prozess von den Stadtbewohnern als negativ angesehen werden. Aber ich wollte das nicht hemmen, ich wollte, dass Breslau im Ballungsgebiet und in Niederschlesien eine wesentliche Rolle spielt. Heute gibt es Schulen, wo der Anteil der Schüler, die außerhalb von Breslau kommen, sogar 20 Prozent beträgt. Das ist eine Belastung, das stimmt, aber es bringt auch Nutzen mit sich. Denn die Kinder werden größtenteils auch hier studieren, arbeiten und in der Stadt oder in der Umgebung wohnen und dann hier ihre Familien gründen. So geschieht es auch.

Auf dem Weg nach Europa

Sie haben auch als erster Pole den „Jerusalem Prize" bekommen? Bestimmt sind Sie stolz darauf?

Ja, als erster und bis zu diesem Moment als einziger Pole. Der ganze Mai 2019 war für mich überhaupt einmalig: mir wurden einige Preise verliehen. Zuerst bekam ich eine Auszeichnung der Brandenburgischen Regierung: die sogenannte „Europaurkunde". Ich war einer der Preisträger. Es bezog sich sicher auf die Zusammenarbeit mit Dietmar Woidke, den Kulturzug, und die deutsch-polnischen Projekte. Danach bekam ich das Werbemblem der Stiftung des Weißen Adlers auf der Burg in Rydzyna (Godło Promocyjne Fundacji Orła Białego) als Zusammenfassung meiner Arbeit als Oberbürgermeister von Breslau. Dann wurde mir die höchste Auszeichnung von Sachsen verliehen – der Verdienstorden des Freistaates Sachsen. Dabei wurde die gute Zusammenarbeit zwischen Dresden und Breslau unterstrichen. Die Feierlichkeiten fanden in Dresden statt. Letztendlich bekam ich als erster Pole den Jerusalem Prize. Die Verleihung fand in der Synagoge zum Weißen Storch in Breslau statt. Es kam eine Delegation aus Israel. Das ist ein Preis, der an Personen vergeben wird, die sich um die jüdische Diaspora kümmern und sie unterstützen. Ich glaube, es war damit verbunden, dass ich einer der Initiatoren des Wiederaufbaus der Synagoge war und dabei wesentlich half.

BELEBUNG DES „VIERTELS DER VIER BEKENNTNISSE"

Die Synagoge war nach der Wende in privaten Händen. Dank der Bemühungen gelang es, sie der Jüdischen Gemeinde zurückzugeben.

Das passierte schon früher, nach der Wende, bevor ich zum Oberbürgermeister gewählt wurde. Viele Personen haben sich stark bei diesem Projekt engagiert. Für mich, als ich meine Amtszeit begann, waren zwei Aspekte ganz wichtig: diesen Teil der Stadt zu revitalisieren und Leben in das „Viertel der Vier Bekenntnisse" zu bringen. Die Idee zur Entstehung dieses Viertels entstand davor, aber diese Ecke der Stadt war sehr vernachlässigt. Ich wollte, dass wir in Breslau einen alternativen Raum als Gegenüber zum Ring haben. Ein Vorbild war für mich das jüdische Viertel in Krakau – Kasimir. Mein Wunsch war, dass das Viertel hier in Breslau ähnlich aussieht. Zugleich wollte ich, dass das ästhetisch, aber nicht so ganz tip-top aussieht. Es sollte eine eigene magische Atmosphäre behalten. Ich kann mich daran erinnern, dass wir lange Gespräche zu diesem Thema führten. Einige Lösungen wurden wirklich erzwungen – ich habe mich zum Beispiel für die Laternen eingesetzt, die niedriger sind, als allgemeine Vorschriften es zulassen. Wenn wir solche starken und hoch aufgehängten Laternen in der Wallstraße eingeführt hätten, wäre es dort zu stark erleuchtet. Das Klima dieser Ecke wäre verschwunden. Deshalb wurden hier doch niedrigere Laternen installiert. Aber es ging auch darum, dort richtiges Leben hineinzubringen, also dass dort kleine Klubs und Kneipen entstehen. Das gelang auch.

Das Viertel ist zusammen mit der Storch-Synagoge zu einer Attraktion der Stadt geworden. Man kann kaum glauben, dass es erst in den letzten Jahren geschah.

Ich schämte mich immer sehr, als ich daran dachte, was mit der Synagoge passierte. In Breslau gab es ursprünglich zwei Synagogen. Die neue Synagoge, die auch die Synagoge am Anger genannt wurde, wurde während der Pogromnacht angezündet und danach abgetragen, die Storch-Synagoge hat diese Zeit und den Krieg überstanden. Sie wurde erst in den 1980er Jahren zerstört. Nachdem die Jüdische Gemeinde 1968 gezwungen wurde, Polen zu verlassen, wurde die Synagoge verstaatlicht und dann verkauft. Man hat das Dach abgetragen und das trug eigentlich zum größten Schaden am Gebäude der Synagoge bei. Für mich war es deshalb eine Ehrensache, das, was schon zu polnischen Zeiten passiert war, wiedergutzumachen. Daher dieses Engagement für die Restaurierung der Synagoge. Wir arbeiteten mit der Stiftung von Bente Kahan zusammen. Die Finanzierung war doppelt: es waren städtische sowie EEA und Norway Grants Mittel. Die Renovierung der Synagoge gelang hervorragend.

Dalai Lama in der Synagoge zum Weissen Storch

Die Synagoge spielt heutzutage eigentlich die Rolle eines Kulturzentrums?

Es ging uns vor allem darum, dass die Synagoge verschiedene Funktionen erhält. Einerseits sollte sie eine touristische Attraktion sein, andererseits sollte sie die Rolle eines Kulturzentrums übernehmen,

Die Storch-Synagoge bildet heutzutage ein kulturelles Zentrum der Stadt
(*Foto: Marek Maruszak*)

in dem zum Beispiel Konzerte stattfinden. Sie sollte auch ihren eigentlichen religiösen Charakter behalten. Wir wünschten uns, dass hier religiöses Leben einzieht und dass sie eine eigene Seele hat. Das ist gelungen. Ich war mehrmals mit prominenten Persönlichkeiten in der Synagoge. Hier lernte ich den Bundespräsidenten Frank-Walter Steinmeier kennen oder bin dem ehemaligen Bundespräsidenten Christian Wulff begegnet. Am liebsten erinnere ich mich an den Besuch des Dalai Lama in der Synagoge. Vor seinem Besuch musste das Programm mit dem Regierungsschutzamt BOR (Regierungsschutzdienst) abgesprochen werden. Wir schlugen dem BOR den Besuch der Synagoge vor. Aber aus Sicherheitsgründen, weil es dort zu viele Winkel und einen geschlossenen Hof gibt, wurde der Vorschlag abgelehnt. Als der Dalai Lama in Breslau landete, trafen wir uns zunächst bei einem Tee. Bei dieser Gelegenheit erwähnte ich, dass wir in Breslau ein interessantes „Viertel der Vier Bekenntnisse" haben und dass es sich lohnen würde, da reinzuschauen. Der Dalai Lama sagte sofort: „Prima, wir fahren dorthin!" Ich antwortete: „Es ist nicht möglich, BOR ist nicht einverstanden". „Dann gehen wir zu Fuß!" – sagte der Dalai Lama. Letztendlich stiegen wir in die Autos und es fand ein schönes Treffen in der Synagoge statt. Es kamen Vertreter verschiedener Religionen und der Synagogen-Chor sang einige Lieder. Es gibt ein schönes Foto, auf dem der Dalai Lama mit Kippa zu sehen ist. Zusammengefasst: Die Renovierung und das Beleben der Synagoge gehörten zu meinen Lieblingsprojekten.

Wie war es mit den Märschen der gegenseitigen Wertschätzung? Sie werden immer noch fortgesetzt. Sie nahmen auch einige Male an diesen Veranstaltungen teil?

Ich war bei allen Märschen dabei. Nur 2019 nicht, als ich mich als Stipendiat in Berlin befand. Jedes Mal hielt ich eine Rede. Die Idee dieser

Der Dalai Lama auf dem Weg zur Synagoge, 2008 (*Foto: Maciej Kulczyński*)

Aktion kommt von Bente Kahan. Der Marsch beginnt an der Storch-Synagoge und geht zu dem Ort, wo früher die Neue Synagoge stand, die während der Pogromnacht zerstört wurde. Dort werden Kerzen angezündet und Gebete gesprochen. Das ist eine sehr schöne Tradition. Am Anfang sorgte ich dafür, dass wir einen Polizeischutz bekommen. Es gab früher eine kleine Gruppe von Gegendemonstranten, aber ich muss ehrlich sagen, sie wurden schnell von der Polizei neutralisiert: Die Polizisten stellten sich zwischen sie und deshalb waren sie nicht imstande, irgendwelche antisemitischen Parolen zu schreien.

Sie haben sich immer für Minderheiten eingesetzt und dafür gesorgt, dass Breslau offen und tolerant bleibt. Vielleicht deshalb wurden Sie mit dem Jerusalem Prize ausgezeichnet. Wer hat Ihre Kandidatur vorgeschlagen?

Ich denke, die Idee kam von Rabbiner Alexander David Basok, der bis 2020 in Breslau war. Der Jerusalem Prize hat eine lange Tradition und wird von der Zionistischen Weltorganisation in Zusammenarbeit mit der Zionistischen Föderation in 43 Ländern auf 5 Kontinenten verliehen. Auf die Verleihung des Preises könnte noch eine Sache Einfluss haben: Als unser Ministerpräsident Mateusz Morawiecki aus der PiS-Regierung sich negativ zu einigen polnisch-jüdischen Aspekten äußerte, unter anderem dass Polen nicht verantwortlich für die antisemitischen Exzesse des Jahres 1968 gewesen sei, rief ich die israelitische Botschafterin in Polen an und versicherte, dass es auch Politiker gibt, die anders als unsere Regierungsvertreter denken. Sie war sehr berührt, denn das war das erste Telefonat, das sie in dieser Angelegenheit bekam.

Im Innenhof der Synagoge kurz vor dem Marsch der gegenseitigen Wertschätzung
(Foto: Maciej Kulczyński)

ENTSCHULDIGUNG FÜR ANTISEMITISCHE VORFÄLLE 1968

In Ihrer Rede anlässlich der Preis-Verleihung, die in der Storch-Synagoge stattfand, übernahmen Sie teilweise Verantwortung für bestimmte Ereignisse?

Nein, ich entschuldigte mich einfach für die Geschehnisse des Jahres 1968 und für den polnischen Antisemitismus. Ich habe es gemacht, weil ich immer eine konkrete Geschichte vor Augen habe: vor dem Zweiten Weltkrieg gab es in Breslau eine große Jüdische Gemeinde, die völlig vernichtet wurde. Nach dem Krieg bildete sich eine neue, vielleicht nicht so große, aber aktive Gemeinde, die aus den ehemaligen polnischen Ostgebieten hierherkam. Eines Tages erhielt ich einen Brief von einer Frau, die 1968 aus Breslau emigrieren musste.

Sie besuchte in Breslau eine jüdische Schule und 1965 machte sie das Abitur. Von 37 Absolventen, die in ihrer Klasse waren, reisten damals 34 Schüler aus Polen aus. Zur Wiedereröffnung der Synagoge sind 20 von ihnen nach Breslau gekommen. Auch diese Frau. Ich gab ihr im Rathaus einen symbolischen Schlüssel zu den Toren der Stadt, damit sie sich immer daran erinnern kann, dass Breslau auch ihre Stadt ist. Damals erzählte sie mir zwei Geschichten. Die erste, als sie sehr stark nach der Ausreise aus Polen litt. Sie nahm einen ganzen Koffer mit polnischen Gedichten und Werken mit. Aber sie weinte immer wieder, als sie zu lesen begann. Deshalb musste sie alle diese Werke vernichten. Sie musste sich völlig abschneiden, um weiter normal leben zu können.

Und die andere Erzählung betraf die Angelegenheiten, für die ich mich als Pole wegen dem Jahr 1968 entschuldigen wollte. Sie besuchte den jüdischen Kindergarten, der sich in dem heutigen Vier-Bekenntnisse-Viertel befand. Sie konnte sich an zwei Sachen gut erinnern: Manchmal, als sie mit der Familie dort entlangging, wurde sie mit Steinen beworfen. Einmal – sie wusste damals noch nicht warum – fand sie in den Hausschuhen im Kindergarten einige Glasscherben. Das beweist, mit dem Antisemitismus hatte man auch gleich nach dem Zweiten Weltkrieg zu tun. Eben diese Geschichte habe ich als Motiv für meine Rede genommen und mich noch einmal entschuldigt. Die Rede hat einen Widerhall in den Medien, auch der internationalen Presse gefunden.

TOLERANZ UND OFFENHEIT IN BRESLAU
BEWAHREN

Sie haben auch die Laudatio gehalten, als Bente Kahan den Internationalen Brückepreis erhielt. War das Ihre Idee oder wurden Sie darum gebeten?

Es gibt einen Prestige-Preis, der von der Stadt Görlitz gemeinsam mit Zgorzelec verliehen wird – das ist der „Brückepreis". Im Jahre 2019 ging der Preis an Bente Kahan. Bente kam auf die Idee, dass ich die Laudatio halten soll. Die Veranstaltung fand im Theater Görlitz statt. Sie haben mich am Anfang des Interviews nach meinem Lieblingswort in der deutschen Sprache gefragt. Zu diesen Wörtern gehört bestimmt das Wort „Begeisterung". Ich wollte eigentlich meine Begeisterung über Bente Kahan äußern. Weil ich das Wort „Begeisterung" mehr auf Deutsch als auf Englisch mag, entschied ich mich die Rede auf Deutsch zu halten. Die Laudatio wurde sehr herzlich aufgenommen, was beweist, dass es richtig war, Deutsch geschrieben und gesprochen zu haben.

Die Rede wurde auch in der Zeitschrift „Schlesien heute" abgedruckt. Übrigens mit ihr beweisen Sie, dass Ihnen die Thematik der Jüdischen Gemeinde und der gegenseitigen Toleranz sehr am Herzen liegt.

Breslau ist eine offene Stadt. Aber durch verschiedene Zwischenfälle einzelner Personen oder Gruppen, zum Beispiel als man eine Strohpuppe – „einen Juden" auf dem Ring verbrannte, geht dieses negative Signal um die ganze Welt. Dadurch entsteht ein falsches Bild, man denkt die Polen sind einfach antisemitisch. Ich muss ehrlich sagen, ich musste mich sehr stark bemühen, dieses negative Urteil in ein positives umzudrehen. Deshalb sorgte ich dafür, jede antisemitische Reaktion zu dämpfen und die Betroffenen zu verteidigen und vor Diskriminierung zu schützen. Der Kampf um die Offenheit der Stadt war auch der Grund, dass ich in den Bundestag eingeladen wurde.

Rede zum Volkstrauertag im Bundestag

Das Thema ist sehr interessant. Wie ist es dazu gekommen, dass Sie in den Bundestag anlässlich des Volkstrauertages eingeladen wurden?

Seit einigen Jahren finden die zentralen Feierlichkeiten des Volkstrauertages im Bundestag statt. Sie werden im Ersten Programm des deutschen Fernsehens übertragen. Der Verband, der sich mit der Organisation der Feier beschäftigt, macht das sehr feierlich: an der Veranstaltung nehmen der Bundespräsident, Vertreter der Regierung, des Bundestages, des Bundesrates und des Bundesverfassungsgerichtes teil. Alljährlich wird ein Gast eingeladen, der dort eine Rede hält. Vor vielen Jahren war hier Władysław Bartoszewski zu Gast. Die Gäste, die dort auftreten, sind fast immer im Rang eines Präsidenten oder Premierministers oder Außenministers. Im Jahre 2019, weil es gerade 80 Jahre nach dem Überfall der Deutschen auf Polen war, wollte man auch zusätzlich dieses Thema mit einbeziehen. Deshalb wurde jemand aus Polen gesucht, der als Gastredner in Frage kommt. Der Stellvertreter des Organisationsverbandes war 2017 auf der Feier, als ich den Deutschen Nationalpreis bekam. Damals hielt ich im Französischen Dom am Gendarmenmarkt die Rede. Er hörte sie und kam auf die Idee, mich in den Bundestag einzuladen. Aber man konnte mich nicht finden. Ich war damals als Stipendiat in Berlin. Sie wandten sich an die Bosch-Stiftung und so war der Kontakt hergestellt.

Das war für Sie bestimmt eine nette Überraschung. Waren Sie sofort einverstanden? Ein Jahr zuvor war der Präsident von Frankreich, Emmanuel Macron, im Deutschen Bundestag.

Am Anfang konnte ich nicht daran glauben, dass mir so eine große Ehre zuteil wird, dort eine Rede zu halten. Aber im August fand das Vorbereitungstreffen statt, alles wurde bestätigt und alle Einzelheiten wurden besprochen.

War etwas für Sie besonders schwierig?

Das ist eine sehr wichtige Feier, sie hat einen hohen Rang. Sie wird im Fernsehen übertragen. Deshalb gibt es konkrete Herausforderungen. Das Ganze, das Hin- und Zurückgehen zum Rednerpult und die Rede, darf nicht länger als 10 Minuten dauern. Also ich musste eine zehnminütige Rede schreiben und eine solche halten. Das war der größte Stress. Aber es ist mir gelungen!

FASZINIERT VON KARDINAL KOMINEK

Was war dabei das wichtigste Thema Ihrer Rede?

Ich nutzte in meiner Rede Breslauer Motive. Nach der Rede bekam ich eine Fülle von Fragen, Briefen und Zeichen des Dankes. Überwie-

Rede zum Volkstrauertag im Bundestag
(*Foto: Deutscher Bundestag, Achim Melde*)

gend aus Deutschland, aber es waren auch einige aus Polen. Es waren vor allem Reaktionen ehemaliger Breslauer oder Schlesier, die hier geboren wurden. Ich erhielt auch einige Telefonate von den Polen, die in den 1970er Jahren ihre Heimat verließen. Sie haben alle meine Signale sehr positiv empfunden, also die Thematik der Versöhnung, des gemeinsamen Europas, der gemeinsamen Geschichte. In meiner

Rede knüpfte ich an die berühmten Worte von Kardinal Kominek in der Botschaft der polnischen Bischöfe an ihre deutschen Amtsbrüder an: „Wir gewähren Vergebung und bitten um Vergebung" und erklärte, warum Kominek es so ausdrückte.

Sie waren auch der Ideengeber des Denkmals zu Ehren von Kardinal Kominek auf der Sandinsel in Breslau?

Ich war fasziniert von der Gestalt des Kardinals. Wir sollten bedenken, dass dieser Brief 20 Jahre nach dem Zweiten Weltkrieg verfasst wurde. Das war damals eine heroische Tat. Die deutsch-polnischen Spannungen waren zu dieser Zeit noch sehr stark. Die Narben des Krieges waren noch nicht geheilt. Diese Formulierung bestätigt, wie mutig und wie weitsichtig er war. Außerdem ist es Kominek gelungen, Wyszyński zum Unterschreiben des Briefes zu überreden. Der Brief war eigentlich eine Einladung zum Jubiläum 1000 Jahre Taufe Polens. Die Abfassung des Briefes wurde mit Papst Paul VI. besprochen und es ist nicht ausgeschlossen, dass sie auch teilweise von ihm initiiert wurde. Bestimmt fanden Gespräche zwischen dem Papst und Kominek, Kardinal Wyszyński und Karol Wojtyła statt. Der Brief wurde teilweise in Rom von Kardinal Kominek verfasst. Er schrieb den Brief auf Deutsch, denn er kannte die Sprache gut – er ist auf eine deutsche Schule gegangen und es war ihm einfacher, die Grundideen auf Deutsch zu formulieren. Vor kurzem hat eine Forschungsgruppe aus dem Geschichtszentrum „Zajezdnia" Notizen zu diesem Brief im Vatikan gefunden. Im Jahre 1966 fragte Wyszyński Kardinal Kominek, warum er eine solche Formulierung „Wir gewähren Vergebung und bitten um Vergebung" verwendet, warum denn die Polen um Vergebung bitten sollen? Kominek antwortete sehr schön: „Die Sprechweise kann nicht nationalistisch sein, sondern muss europäisch in der tiefgreifendsten Bedeutung dieses Wortes sein. Europa ist die Zukunft – Nationalismen sind von gestern. (...) Eine Vertiefung der Diskussion darüber, eine föderative Lösung für alle Völker Europas zu schaffen, unter anderem durch schrittweisen Verzicht auf die nationale Souveränität in Fragen der Sicherheit, der Wirtschaft und der Außenpolitik ist außergewöhnlich wichtig ..."

„BISCHOF DER STADT DER VERTRIEBENEN"

Aus heutiger Perspektive könnten wir sagen, dass seine Worte wirklich visionär waren.

Die Botschaft von Kominek betreffend die deutsch-polnische Versöhnung ist der Grund, dass ich ein Kominek-Denkmal in Breslau zu haben wünschte. Die Idee entstand bei einem Gespräch mit Pfarrer Krucina, der Sekretär von Kominek war. Als wir mit den Vorbereitungen zur Kulturhauptstadt Europas begannen, wurde eine große Ausstellung aus Brüssel in der Jahrhunderthalle gezeigt: „Europe – it´s our history!" Im Vergleich zur Präsentation in Brüssel wurde die in Breslau noch größer und imposanter gestaltet und zeigte Europa als ein gemeinsames Projekt. Der Autor dieser Ausstellung war Prof. Krzysztof Pomian. Ich habe ihn auf die Worte von Kominek aufmerksam gemacht und bat ihn darum, dass ein kleiner Teil der Ausstellung auch dieser Persönlichkeit gewidmet wird. Es passierte auch. Bei dieser Gelegenheit entstand eine neue Idee. Es gibt nämlich eine Liste der Gründerväter Europas, also derjenigen, die das Projekt „Europa" begannen. Professor Pomian meinte, Kominek solle auf diese Liste aufgenommen werden. Meine Idee war, eine Liste der Versöhnungsväter Europas anzulegen (Brandt, Kominek usw.), Pomian hat das noch breiter gefasst. Dadurch, was Kominek für die Versöhnung getan hat, sollte er unbedingt zu den Vätern Europas gezählt werden.

Im Jahre 2016 organisierten wir noch eine Ausstellung, diesmal nur dem Kardinal selbst gewidmet, der Geschichte und der deutsch-polnischen Versöhnung. Diese Ausstellung, die für mich wichtig war, wurde später in einigen Städten gezeigt, u.a. in der europäischen Hauptstadt Brüssel, in Berlin, selbstverständlich in Breslau, und dort, wo der Brief entstand, also im Vatikan – das war, glaube ich, die erste Ausstellung aus Breslau, die nach Rom ging. Auf der Eröffnung der Ausstellung hatten wir eine Gruppe polnischer und deutscher Bischöfe. Die Museen im Vatikan werden dicht besucht und uns ist es gelungen, die Ausstellung so zu positionieren, dass jeder, der die Museen besucht, sie mindestens kurz in den Blick bekam. Ich hoffe also, dass viele Interessierte etwas über Kominek und über die deutsch-polnische Versöhnung erfahren konnten. Eine Sache ist noch besonders wichtig, man kann sagen eine symbolische: Der Brief wurde von einem hervorragenden Breslauer Bischof geschrieben, der Bischof „der Stadt der Vertriebenen" war. Von hier wurden die Einwohner vertrieben, hierher kamen auch neue, die aus anderen Gebieten vertrieben wurden. Das ist also besonders treffend und symbolisch.

BRESLAUS BEITRAG ZUM FALL DER MAUER

Also das Hauptthema Ihrer Rede anlässlich des Volkstrauertages war die deutsch-polnische Versöhnung?

Ja, aber nicht nur. Immer bei verschiedenen Anlässen unterstreiche ich die Bedeutung der polnischen Solidarność beim Aufbau eines freien Europas. Hier benutze ich immer ein Zitat von Fritz Stern. Er wurde in Breslau geboren und verfasste ein hervorragendes Buch „Fünf Deutschland und ein Leben". Das erste Kapitel des Buches ist der Stadt Breslau gewidmet. Denn hier geht es um das erste Deutschland, das Vorkriegsdeutschland, in dem er lebte. Seine Familie wohnte in Breslau vor dem Ausbruch des Zweiten Weltkrieges, bevor sie in die USA emigrierte. Fritz Stern schreibt darüber, dass er über Jahre Breslau beobachtete. Dort befindet sich ein Zitat: „So schaute ich etwa von Ferne zu, wie Wrocław (Breslau) in den achtziger Jahren des vorigen Jahrhunderts eine neue, noble Bedeutung gewann: Es wurde zu einer Hochburg der Solidarność, jener polnischen Bewegung, die zur Selbstbefreiung Osteuropas und zum wiedervereinigten Deutschland (meinem fünften) führte."

Das Motiv der Solidarność und der Wiedervereinigung Deutschlands von Fritz Stern erschien in meiner Rede. Die Wiedervereinigung Deutschlands wird sehr oft mit dem Mauerfall assoziiert. Für mich war der Hinweis wichtig, dass alles etwas früher begann. Es gibt eine Tafel am Berliner Reichstag, die darüber informiert, aber nur wenige kennen diesen Gedenkort.

Würdigung von Professor Fritz Stern

Sie waren auch der Ideengeber für die Würdigung Professor Fritz Sterns?

Ich wollte, dass gleichzeitig zwei Büsten von Fritz Stern entstehen: in Breslau und in Berlin. Damit ist eine lustige Geschichte verbunden. Ich fuhr zum Regierenden Bürgermeister Michael Müller nach Berlin, stellte die Idee vor. Er fand sie interessant, denn Fritz Stern war eine bedeutende Persönlichkeit, die bestimmt ein Denkmal verdient hat, aber ... Aber leider stellte sich heraus, dass man jetzt in Berlin die nächsten zehn Jahre nur Denkmäler für Frauen errichtet ...

Das war bestimmt ein Witz?

Nein, das war kein Witz. Und ich finde es schon wichtig! Aber Herr Müller sagte mir, dass diese Regelung nicht die wissenschaftlichen Akademien betrifft. Wir begaben uns zu der Berlin-Brandenburgischen Akademie der Wissenschaften am Gendarmenmarkt und schlugen vor, dass wir ihnen gern statt einem Denkmal – eine Büste schenken. Der Chef der Akademie war einverstanden und so konnten wir die Büste enthüllen. Fritz Stern hat eine gute Gesellschaft, denn neben ihm steht die Büste von Gottfried Wilhelm Leibniz. Es gab eine schöne Feier und eine kleine Konferenz dazu.

Bei uns in Breslau steht die Büste in der neuen Universitätsbibliothek an der Oder.

Dem Wunsch des Professors entsprechend, wurde seine Büchersammlung, die seit mehreren Jahren angesammelt wurde und die über 3200 Werke umfasste, der Universitätsbibliothek in Breslau geschenkt. Die Büchersammlung wurde mit einem Sonderstempel „Die Gabe von Professor Fritz Stern" gekennzeichnet und ist an Ort und Stelle zu benutzen. An der Enthüllung der Büste von Fritz Stern nahm sein Sohn – Fred Stern – teil. Er war sehr berührt.

Der nächste Anlass, um deutsch-polnische Beziehungen zu feiern, war das 25. Jubiläum des deutsch-polnischen Nachbarschaftsvertrags?

Am 17. Juni 1991 unterzeichneten der polnische Ministerpräsident Jan Krzysztof Bielecki und der deutsche Bundeskanzler Helmut Kohl sowie die Außenminister Krzysztof Skubiszewski und Hans-Dietrich Genscher den „Vertrag zwischen der Bundesrepublik Deutschland und der Republik Polen über gute Nachbarschaft und freundschaftliche Zusammenarbeit". Im Jahre 2016 feierten wir das Jubiläum dieses Vertrages. Die damalige PiS-Regierung in Warschau wünschte sich leider überhaupt keinen Akzent zu diesem Anlass. Mir lag das Jubiläum aber am Herzen und so begab ich mich nach Berlin und sprach mit dem damaligen Bundestagspräsidenten Norbert Lammert darüber, wie wir mit der Situation umgehen können. Es wurde ein schönes Konzert von Janusz Olejniczak in einem der Säle des Reichstages für rund 200 Gäste organisiert. Der Pianist Olejniczak gab ein hervorragendes Recital – auf meine Bitte spielte er Frédéric Chopin – es war also ein sehr polnisches Programm. Es gab auch zwei kurze Reden, des Präsidenten und meine. Es war ein schöner Tag!

Denkmal des Gemeinsamen Gedenkens

Ein bemerkenswertes Symbol ist die Entstehung des Denkmales des Gemeinsamen Gedenkens in Breslau. Es befindet sich an der Stelle, wo sich vor dem Krieg ein großer städtischer Friedhof befand und wo sich heute ein großer Park erstreckt.

Das war nicht meine Idee, aber sie wurde zu meiner Amtszeit realisiert. Nach dem Zweiten Weltkrieg wurden fast alle Breslauer Friedhöfe zerstört. Wir wollten, dass sie nicht vergessen werden. Zuerst
wurde eine Monographie veröffentlicht, in der alle nicht mehr vor-
handenen und zerstörten Friedhöfe beschrieben wurden. Dann sollte das Denkmal des Gemeinsamen Gedenkens entstehen und zwar
in dem Park an der Gräbschener Straße (ulica Grabiszyńska), wo
sich früher ein großer Friedhof befand. Von verschiedenen Stein-
metzen kauften wir alte Grabsteinplatten früherer Breslauer ab, die
dort noch zu finden waren. Das ist eine traurige Geschichte, denn
die meisten Steine wurden neu genutzt oder zerkleinert und zum
Straßenbau verwendet. Es wurde ein architektonischer Wettbewerb
für das Denkmal organisiert. Meiner Meinung nach ist es sehr gelungen. Nach der Enthüllung des Denkmals stellte sich heraus, dass die
Breslauer spontan dorthin kamen und Kerzen aufstellten – niemand
hatte dazu aufgerufen. Das war eine schöne Geste.

Das Denkmal des Gemeinsamen Gedenkens im Gräbschener Park
(*Foto: Małgorzata Urlich-Kornacka*)

Der ehemalige Bundespräsident Richard von Weizsäcker und Prof. Fritz Stern
am Denkmal des Gemeinsamen Gedenkens, 2011
(Foto aus dem Archiv des Oberbürgermeisters)

Nicht nur Breslauer, ich sah vor kurzem Touristen aus Spanien, die dort Kerzen anzündeten.

Das Denkmal wirkt sehr authentisch. Ich kann mich erinnern, dass einmal in Breslau ein Treffen zwischen Richard von Weizsäcker und Fritz Stern organisiert wurde. Man bedenke, dass unsere Stadt alle paar Jahre einen speziellen Fritz-Stern-Preis oder Stipendium verleiht. Vor kurzem erhielt diesen Preis die Journalistin Anne Applebaum und früher, noch zu Lebzeiten, Richard von Weizsäcker. Als sich Fritz Stern und Richard von Weizsäcker trafen, nahm ich sie später mit zum Denkmal des Gemeinsamen Gedenkens. Sie zündeten dort Kerzen an und als ich ihnen die ganze Geschichte erzählte, wie es war und wie es heute ist – dass die Breslauer hierherkommen und spontan Kerzen anzünden, waren sie wirklich berührt und hatten Tränen in den Augen. Ich erzählte diese Geschichte den Teilnehmern des Richard-von-Weizsäcker-Stipendiums. Denn viele nehmen an diesem Stipendium teil, aber nicht alle hatten die Möglichkeit, Richard von Weizsäcker persönlich kennen zu lernen. Ich hatte dieses Glück.

UEFA UND KOPERNIKUS

Ich kann mich erinnern, bei dem Denkmal waren oft ausländische Gäste.

Ich bemühte mich, die Delegationen immer entweder zum Kominek-Denkmal oder zum Denkmal des Gemeinsamen Gedenkens mitzunehmen. Beim Besuch des Kominek-Denkmals wurde oft die Dominsel gezeigt. Als zum Beispiel der erste Besuch der UEFA vor dem Jahr 2012 kam, damals kam auch Michel Platini nach Breslau, wünschte sich die Delegation eine schnelle Stadtbesichtigung – eigentlich eine Stadtrundfahrt. Nur einmal sind sie ausgestiegen – auf der Dominsel, aber nicht wegen des Kominek-Denkmals, sondern, als ich ihnen die Kreuzkirche zeigte und darüber informierte, dass einer der Kanoniker der Kirche Nikolaus Kopernikus war. Kopernikus ist eine so weltbekannte Persönlichkeit, dass sich die Gäste entschieden haben, auszusteigen und die Kirche zu besichtigen. Wir wissen natürlich nicht, ob Kopernikus überhaupt jemals in Breslau war, aber dass er Kanoniker an der Kreuzkirche war, ist bewiesen. Diesen Beweis können wir in Krakau finden. Im Museum der Jagiellonen-Universität befindet sich eine Liste der Studenten. Dort steht auf Latein, dass Kopernikus ein Breslauer Kanoniker ist. Ich sah das Dokument persönlich, als ich zu Besuch in Krakau war. Damals erledigte ich mit dem Direktor des Museums noch eine für uns Breslauer wichtige Sache: Nach dem Zweiten Weltkrieg kamen die Insignien des Rektors der Jan-Kazimierz-Universität aus Lemberg nach Breslau. Weil sie aber vom Sicherheitsdienst gesucht wurden, versteckte man sie in Krakau. Sie waren zuerst in privaten Händen, dann kamen sie in die Sammlung des Museums der Jagiellonen-Universität und wurden dort inventarisiert.

Breslau und Lemberg

Und Sie wollten sie zurückbekommen?

Mit dem Direktor des Museums haben wir eine Abmachung unterschrieben, dass die Insignien Eigentum der Jagiellonen-Universität bleiben, aber als Leihgabe in Breslau im Universitätsmuseum gezeigt werden. Das war für mich besonders wichtig. Die Anknüpfung an die Jan-Kazimierz-Universität hat mindestens zwei wichtige Bedeutungen. Die Beziehungen Breslau-Lemberg sind ganz wichtig, es wird manchmal gesagt, dass wir eine doppelte Identität haben. Ganz viele Lemberger Professoren kamen nach dem Krieg zu uns. Der zweite Aspekt: Die Jan-Kazimierz-Universität gehörte zu den wichtigsten Universitäten in Polen. Ich denke hier an die mathematisch-logische und die philosophische Schule – die 20er Jahre des 20. Jahrhunderts gehörten zu den besten Zeiten in der Geschichte der polnischen Wissenschaft. Das waren die Zeiten einer intellektuellen Revolution. Die damaligen Professoren waren so bekannt, dass man zum Beispiel in Paris Polnisch lernte, um Bücher aus dem Bereich der Logik lesen zu können. Ich persönlich habe eine besondere Zuneigung zu dieser Universität, denn ich habe mein Doktorat in Lublin bei Professor Borkowski gemacht, der eben diese Universität absolvierte. Professor Borkowski hörte Vorlesungen bei solchen berühmten Professoren der Lemberger Schule wie Leon Chwistek, Kazimierz Ajdukiewicz, Kazimierz Twardowski, Hugo Steinhaus oder Stefan Banach, also im engeren Sinne war er der Sohn und ich der Enkel dieser Logik der Lemberger Schule.

Ich sehe noch eine Ähnlichkeit: einer der Mathematiker, Hugo Steinhaus, schrieb in der Freizeit zahlreiche kurze Gedichte, die sehr geistreich und amüsant sind. Sie schreiben auch ab und zu eigene Gedichte zu verschiedenen Anlässen?

Hugo Steinhaus mochte das Wortspiel sehr. Leider lassen sich seine Sprüche schlecht ins Deutsche übersetzen. Schade, denn sie sind wirklich sehr zutreffend und intelligent. Meine lassen sich auch schwierig übersetzen. Das sind mehr Epigramme – kurz und lustig, die ich den Bekannten oder Freunden zu verschiedenen Anlässen schenkte.

Aber dafür gibt es bei uns eine künstlerische Installation, die der Breslauer Intelligenz gewidmet ist?

Nicht alle wissen, dass der Breslauer Professor, bei dem auch Edith Stein Vorlesungen hörte, William Louis Stern – eigentlich Ludwig Wilhelm Stern – auf die Idee kam, den Intelligenzquotienten messen zu können. Ich sprach oft darüber, wenn ich Besuch im Rathaus empfing. Zuerst brachte ich den ausländischen Gästen den polnischen Namen der Stadt bei, also wie man „Wrocław" ausspricht und dann erzählte ich davon, dass der IQ in Breslau erfunden wurde und dank der Anwesenheit der Gäste dieser jetzt wesentlich gestiegen ist.

Eigentlich könnte man das auch gut beim Marketing nutzen – allen ist der IQ-Begriff bekannt. Haben Sie nicht daran gedacht, dass Breslau jetzt eine Verbindungsrolle zwischen Osten und Westen einnehmen soll?

Wir haben zwei Institutionen, die nach dem Zweiten Weltkrieg aus Lemberg nach Breslau verlegt wurden: das Panorama von Racławice – ein riesengroßes Bild, das eine Schlacht der polnischen Aufständischen gegen die zaristischen Truppen darstellt und die Nationale Stiftung „Ossolineum". Das Panorama von Racławice wurde im 19. Jahrhundert in Lemberg gemalt und nach 1945 nach Breslau verlegt. Aber man durfte es bis 1985 nicht zeigen, weil es den Sieg der Polen über zaristische (also russische) Soldaten darstellte. Es bildet bis heute ein Highlight der Stadt.

Das Ossolineum besitzt in seinen Sammlungen viele Handschriften und Werke, die sich auf die Zeit der Romantik beziehen. Diese Zeit

Die künstlerische Installation von Józef Hałas, die der Breslauer Intelligenz gewidmet ist
(Foto: Małgorzata Urlich-Kornacka)

war besonders wichtig für Polen und für das Erhalten des Polentums. Damals war Polen aufgeteilt und verschwand von der Landkarte Europas. Für mich ist es klar, dass die Kultur – überwiegend Literatur – unsere Bürger zum Kampf um die Unabhängigkeit führte: damals und auch später zum Warschauer Aufstand und am Ende zur Freiheit in der Solidarność-Zeit. Im Pan-Tadeusz-Museum wollen wir diese komplizierte polnische Geschichte erzählen: einerseits das Werk von Adam Mickiewicz zeigen, andererseits die Kabinetts der Zeitzeugen, wie Władysław Bartoszewski oder Jan Nowak-Jeziorański.

Die dritte Ausstellung wird dem großen polnischen und auch Breslauer Dichter Tadeusz Różewicz gewidmet. Dank ihm bekommt das Pan-Tadeusz-Museum eine doppelte Bedeutung: der Name „Pan Tadeusz" knüpft an den Helden der Handschrift von Adam Mickiewicz und an die Person von Tadeusz Różewicz.

Die Lemberger Einflüsse sind wichtig für Breslau?

Lemberg ist heutzutage – das unterstreiche ich immer – die schönste Stadt der Ukraine. Es ist aber auch eine Stadt, die wichtig für die polnische Kultur ist. Genauso wie Breslau eine polnische Stadt ist, aber wichtig für die deutsche Kultur. Wir haben eine interessante Zusammenarbeit. Ich denke, die Partnerschaft mit Lemberg funktioniert prima. Das ist wirklich eine Partnerschaft – wir lernen viel voneinander. Es ist auch sehr interessant, weil wir oft im Dreieck, also oft mit Vilnius arbeiten. Die Rolle Breslaus als eine Stadt, die die Verbindungsbrücke zwischen Osten und Westen schafft, hat schon früher Jan Nowak-Jeziorański gesehen. Damit beschäftigt sich auch heute das Jan-Nowak-Jeziorański-College für Osteuropa, das den Sitz in dem Schlösschen Wojnowice/Wohnwitz gleich hinter Breslau hat.

Ein schönes Beispiel der Verbindung zwischen Osten und Westen bildet die griechisch-katholische Kirche (früher Jakob- und Vinzenzkirche). Sie ist durch die Religion mit der östlichen Tradition verbunden, sie befindet sich aber in der gotischen Kirche – hier ist die Kultur des Westens sichtbar. Genauso ist es in der Mitte – eine barocke Hochbergkapelle und Ikonostas von Nowosielski. Diejenigen, die das westöstliche Klima mögen, sollen die Kirche in Breslau besuchen.

Eine symbolische polnisch-ukrainische Geschichte unterstreichen die zwei Denkmäler der 1941 von den Deutschen in Lemberg ermordeten polnischen Professoren. Ein Denkmal wurde 1964 in Breslau enthüllt. Das zweite Denkmal in Lemberg wurde dank der guten Zusammenarbeit im Jahre 2011 enthüllt. Alle Breslauer Hochschulen haben ihre Partner in Lemberg und pflegen ihre Partnerschaften. Mindestens einmal im Jahr kommen die Lemberger Rektoren nach Breslau und umgekehrt. Das funktioniert wirklich gut.

Roman Maria Aleksander Szeptycki

Es ist jetzt besonders wichtig. Denn die polnisch-ukrainischen Kontakte waren nicht immer einfach …

Davon zeugt noch eine schöne Geschichte, die unsere Zusammenarbeit mit Lemberg betrifft. Wenn wir die Geschichte Polens von Norman Davies lesen („Im Herzen Europas. Geschichte Polens"), tauchen dort Informationen auf, die die Familie Szeptycki betreffen. Die Geschichte zweier Brüder, die völlig unterschiedliche Lebenswege wählten. Einer der Brüder, Roman Maria Aleksander Szeptycki, wurde griechisch-katholischer Patriarch und zum großen Held der Ukrainer, sein Bruder kämpfte aber unter Piłsudski und war mit Leib und Seele auf der polnischen Seite. Die Geschichte, die ich erzähle, betrifft den ersten. Er wollte von Jugend an Priester werden. Als er seinem Vater davon erzählte, wollte ihn der Vater von dieser Absicht abbringen und schickte ihn von Krakau aus zum Jurastudium nach Breslau. Er hoffte, hier lernt der Sohn das richtige gesellschaftliche Leben kennen und wird seine Pläne ändern. Das war jedoch nicht der Fall. Roman Szeptycki studierte in den Jahren 1886 bis 1888 Jura, dann ist er in ein Kloster eingetreten. Er nahm den Namen Andreas an, von den Ukrainern „Kyr Andrej" genannt. Dann wurde er Bischof, später Erzbischof und ist wichtig für die Geschichte der Ukraine. Er war ein Verfechter der Idee, die orthodoxe Kirche mit der griechisch-katholischen zu vereinigen und dadurch alle Ukrainer in einer Religion zu vereinen. Es gab um ihn einige Kontroversen was die schwierige polnisch-ukrainische Geschichte anbelangt, aber aus ukrainischer Sicht ist das eine herausragende Persönlichkeit. Weil er an der Breslauer Universität studierte, brachten wir eine Tafel an der Wand an, dass hier der Erzbischof Szeptycki studierte. An der Enthüllungsfeierlichkeit nahm der Enkel des Bruders von Szeptycki, Mikołaj Szeptycki, teil, der zusammen mit seiner Familie in der Nähe von Breslau lebt. Anhand dieser Erzählung sieht man deutlich, dass die Geschichte schöne Kreise zog.

Breslauer Denkmäler in der Welt

Wo noch – in Deutschland oder in der Welt – kann man Installationen, Denkmäler und Büsten aus Breslau sehen?

Jeder Breslauer, der den Sitz des Europaparlaments in Straßburg besucht, sollte sich dort den Innenhof ansehen. Dort steht eine gläserne Installation: eine Erdkugel – ein Geschenk der Stadt Breslau an das Europaparlament. Diese Skulptur wurde zusammen mit dem damaligen Vorsitzenden des Europäischen Parlaments, Hans-Gert Pöttering, enthüllt. Auch in der ältesten Kirche Frankreichs Saint-Germain-des-Prés kann man Büsten von Papst Johannes Paul II. und Edith Stein finden. Außerdem gibt es dort noch einen polnischen Akzent: Das Grabmal von König Jan II. Kazimierz Waza, der nach der Abdankung in Polen zum Abt des Klosters wurde. Nach seinem Tod wurde er dort begraben. An dem Grab fehlte leider eine Informationstafel, dass hier ein polnischer König ruht. Wir wollten es nachholen, aber die Sache war nicht so einfach. In Frankreich gibt es sehr strenge Vorschriften, wenn es um den Denkmalschutz geht und die Sakralgebäude sind kein Eigentum der Kirche, sondern der Stadt oder des Staates. Frankreich ist sehr laizistisch, die Oberbürgermeister von Paris sind linksorientiert, deshalb war es schwierig, sie zu überreden. Zwei Jahre bemühte ich mich darum. Aber erfolgreich. Zur Enthüllung der Tafel gab es eine Messe, denn der König war Abt des Klosters, bei der der Breslauer Bischof Gołębiewski eine Predigt auf Französisch hielt.

Für die Franzosen war die Veranstaltung auch aus einer anderen Hinsicht interessant: An der Feier nahm eine Gruppe von Breslauer Rektoren teil, die in feierlichem Ornat waren. Alles sah sehr stimmungsvoll aus.

Warum die Rektoren?

Jan Kazimierz, noch als König von Polen, war der Stifter der Lemberger Universität – Jan-Kazimierz-Universität. Wir sind überzeugt, dass diese Universität nach 1945 ihre Fortsetzung in Breslau fand. Denn die Lemberger Professoren kamen nach Breslau und schufen die Grundlagen für unser Kulturleben in der Stadt. Also die Tafel an dem Grabmal sollte ein Dankeschön der Breslauer Professoren an den polnischen König sein, der eine so ausgezeichnete Universität stiftete. Der Propst der Kirche, der spätere Weihbischof von Paris, freute sich, dass die Tafel ergänzt wurde und bei dieser Gelegenheit drückte er den Wunsch aus, etwas von dem heiligen Papst Johannes Paul II. bei sich haben zu wollen. Es wurde eine Büste vorgeschlagen. Weil sie aber mit dem Religionskultus verbunden war, durfte sie nicht aus städtischen Mitteln finanziert werden. Ich musste einige private Sponsoren für die Aufstellung der Büste finden. So geschah es: Die Büste wurde nach zwei Jahren in der Kirche Saint-Germain-des-Prés in Paris als Geschenk der Breslauer Bürger enthüllt.

Breslauer Büsten in Paris

Der Bildhauer Tomasz Rodziński erzählte mir, dass er die Büste in der Kirche nach einiger Zeit nicht wiedererkannte. Es stellte sich nämlich heraus, dass die Bürger und Touristen ganz spontan auf die Büste reagierten – nämlich den Papst streichelten. Und weil der Marmor nicht zusätzlich gesichert war, wurde der Papst nach einiger Zeit teilweise schwarz …

Das stimmt. Deshalb steht der Papst jetzt in einer Kapelle. Ich bin sehr stolz darauf. Die Büste befindet sich in der ältesten Kirche von Paris, die neben der Kathedrale Notre Dame am häufigsten besucht wird. Es ist sympathisch, dort den Papst zu sehen, dessen Büste aus Breslau kommt!

Dazu kam noch die Büste von Edith Stein, die die einzige Heilige aus Breslau ist?

In Frankreich muss alles politisch korrekt sein. Also wenn es einen Heiligen gibt, muss es auch eine Heilige geben. Man wünschte sich die heilige Theresia Benedicta vom Kreuz – also Edith Stein. Es passte ideal, weil Edith Stein in Breslau geboren wurde und viele Jahre mit unserer Stadt verbunden war. In diesem Fall durfte man doch städtische Mittel verwenden, weil es sich um eine Breslauerin handelte. Zwei Jahre später wurde ihre Büste in der Kirche enthüllt. Diesmal begleitete mich mein Freund, der griechisch-orthodoxe Bischof Borys Gudziak aus Paris, der seinen Dom direkt in der Nachbarschaft der Kirche hat. Er nahm an der Feier teil und rief wegen seines prächtigen Ornats richtige Entzückung hervor.

STADT DER ZWERGE

Es gibt noch eine bedeutende Persönlichkeit, die in Breslau geboren wurde und dann außerhalb der Stadt gewürdigt wurde. Ich meine hier Dietrich Bonhoeffer, der ein Denkmal in Breslau und gleichzeitig in Berlin hat?

Das stimmt, aber dieses Werk entstand früher, vor meiner Amtszeit. Es gibt noch ein Denkmal in Lemberg, das den ermordeten Professoren gewidmet wurde. Es gibt noch eine ganze Reihe von den Breslauer Zwergen! Alle denken, die Zwerge gibt es schon ewig, aber eigentlich starteten wir mit dieser Mar-

Der Bildhauer Tomasz Rodziński mit dem Gipsmodell der Büste von Edith Stein (Foto: Małgorzata Urlich-Kornacka)

keting-Aktion im Jahre 2005. Die Zwerge wurden bei uns so herzlich angenommen, dass ich einen Vorschlag machte, einen „reisenden" Zwerg ins Ausland zu verschicken. Ich kann mich nicht an alle Orte erinnern, wo sie stehen. Persönlich brachte ich einen Zwerg nach Dresden – jetzt gibt es dort schon zwei – nach Reykjavík, nach Washington, wo er vor der Kościuszko-Stiftung sitzt, es steht einer in Lemberg und in Wilna. Ich denke, jetzt gibt es sie schon in allen Partnerstädten von Breslau. Überall werden sie sehr geschätzt.

Haben Sie einen Lieblingszwerg?

Ehrlich gesagt, nicht.

Mir gefiel die Idee mit dem Zwerg, der Jimi Hendrix würdigen sollte. Anlässlich des Gitarren-Weltrekordes, der jedes Jahr auf dem Breslauer Ring stattfindet, sollte ein Zwerg mit Gitarre enthüllt werden. Jemand aus Ihrem Büro kam auf die Idee, dem Zwerg das Gesicht des Ideengebers dieses Ereignisses zu geben – nämlich des Musikers Leszek Cichoński.

Ja, es gibt einige Zwerge, die das Gesicht einer bekannten Person haben: Leszek Cichoński, Professor Jan Miodek. Ich habe auch einen Zwerg mit meinem Porträt bekommen. Die Gruppe von meinen Mitarbeitern machte mir dieses ungewöhnliche Geschenk zum Abschied. Der liegt aber noch unter dem Schreibtisch meines Nachfolgers und wartet auf die Enthüllung ...

Ich habe auch einen Zwerg „Ebi" enthüllt. Der Zwerg hat das Gesicht des berühmten Schriftstellers Marek Krajewski. Ich wohnte im gleichen Wohnblock wie er, wusste aber am Anfang nicht, dass das tatsächlich der Schriftsteller persönlich ist. Alle Nachbarn dachten nur, es sei ein Doppelgänger des Schriftstellers. Auf diese Art und Weise lernten wir uns kennen, ich bearbeitete eine Route in der Stadt und 2019 bemühte ich mich um den Zwerg. Er wurde vor der Jahrhunderthalle enthüllt, wo die Buchmesse stattfindet.

Während meiner Amtszeit besuchten mich oft Vorschulkinder und Schulkinder. Das Interesse an solchen Treffen war so groß, dass wir einen festen Termin freitagvormittags festlegten. Diese Begegnungen waren immer sehr nett. Besonders mochte ich die Vorschulkinder. Sie brachten mir Zeichnungen des Rathauses oder Porträts des Oberbürgermeisters – das war besonders nett! Auf diesen Treffen erzählte ich den Kindern ein bisschen über meine Arbeit, beantwortete die Fragen und fragte am Ende, welche Wünsche die Kinder haben. Es gab immer wieder zwei Arten von Bitten: entweder wollten die Kinder einen Spielplatz oder einen Zwerg.

Sehr schlau, muss ich sagen, haben das die Kindergärtnerinnen erledigt! Denn den Kindern konnte man schwer Nein sagen …

Ich bemühte mich immer, Wort zu halten. Einige Male brachte ich den Zwerg persönlich, um den Kindern eine Überraschung zu bereiten: Ein Zwerg steht in der Parkowa-Str. beim Kinderheim, einen anderen brachte ich zum Kindergarten nach Brockau, einem Stadtteil von Breslau. Insgesamt waren das 10 bis 15 Zwerge. Niemand weiß genau, wie viele Zwerge es in Breslau gibt.

Übrigens, mir ist auch jetzt eine schöne Geschichte mit einem Doppelgänger eingefallen!

Zweimal Barack Obama

Möchten Sie uns die Geschichte erzählen?

Vor einigen Jahren ist es uns gelungen, ein bekanntes Filmfestival „Nowe Horyzonty" nach Breslau zu verlegen. Der Ideengeber und der Chef dieses Festivals – Roman Gutek – träumte immer wieder davon, auch ein Festival der amerikanischen Filme zu organisieren. Die Stadt hat die Idee gern finanziell unterstützt und so konnte im Herbst 2014 das erste Festival organisiert werden. Ich wurde zur Eröffnung eingeladen, aber ich hatte ehrlich gesagt gemischte Gefühle. Ich war davon überzeugt, dass die Zuschauer gekommen sind, um sich die Filme anzuschauen und nicht irgendwelche Reden hören zu müssen. Ich versuchte Gutek zu überreden, dass man eine bescheidene Eröffnung ohne Reden machen soll. „Komm unbedingt, es wartet eine Überraschung auf dich" – sagte dieser. Es stellte sich heraus, dass er einen Schauspieler eingeladen hat, der Doppelgänger von Barack Obama ist. Der sah wirklich ganz authentisch aus!

Aber den wirklichen US-Präsidenten Barack Obama haben Sie auch kennen gelernt?

Damit ist die Fortsetzung der Geschichte verbunden. Im Jahre 2018 hat mich Auma Obama – Germanistin, Soziologin, Journalistin, Autorin und gleichzeitig die Halbschwester des ehemaligen US-Präsidenten Barack Obama – nach Kenia eingeladen. Auma lernte ich in

Mit dem Doppelgänger von Barack Obama auf dem American Film Festival in Breslau, 2014 (*Foto aus dem Archiv des Oberbürgermeisters*)

Hamburg auf einem Kongress kennen. Sie war später in Breslau und lud mich dann zur Eröffnung einer Schule ein, die aus ihrer Initiative in Afrika gebaut wurde. An der Veranstaltung hat auch Barack Obama, der beim Geldsammeln geholfen hat, teilgenommen. Während des Mittagessens gab es die Möglichkeit für Gespräche. Ich nahm mein Handy, auf dem ich das Foto mit dem Doppelgänger hatte und ging zum US-Präsidenten. Ich zeigte es ihm. Er schaute auf das Foto und fragte: „O, wir kennen uns schon?" Ich erklärte ihm, dass auf dem Foto der amerikanische Schauspieler zu sehen ist, der bei uns auf dem Filmfestival war. Barack Obama lachte, vergrößerte das Foto und bestätigte, dass es doch sichtbare Unterschiede zwischen ihnen gibt und er zeigte sie mir auf dem Bildschirm. In dieser Zeit machte mein Freund ein Foto von uns beiden. So habe ich zwei Fotos in meinem Familienarchiv – mit dem Doppelgänger von Barack Obama und mit dem US-Präsidenten persönlich!

Es war aber nicht das einzige Abenteuer, das Sie in Kenia miterlebt haben?

Nein, und das ist auch eine sehr lustige Geschichte! Während der Veranstaltung wurde ich an den Familientisch, neben Baracks und Aumas Großmutter gesetzt. Ich habe beschlossen, meine Englischkenntnisse zu nutzen und der Großmutter ein bisschen über Breslau zu erzählen. Sie lächelte, nickte, schüttelte freundlich mit dem Kopf, hielt meine

Der ehemalige US-Präsident Barack Obama schaut sich das Foto von seinem Doppelgänger an, 2018 (Foto aus dem Archiv des Oberbürgermeisters)

Hand – ich war froh, dass ihr meine Erzählweise gefiel. Nach 45 Minuten kam Auma zu uns und sagte: „Rafael, du weißt aber, dass unsere Großmutter kein Englisch spricht?" So war es, als ich meine Englischkenntnisse zeigen wollte …

Es entstand auch ein Zwerg, der Auma Obama darstellt. Aber er ist nicht in Breslau?

Der Zwerg ist nach Kenia ausgewandert. Ich schenkte ihn Auma zur Eröffnung der Schule, denn die Breslauer Zwerge gefielen ihr sehr. Sie freute sich sehr darüber. Ich denke also, der Zwerg steht irgendwo bei der Schule oder an dem Ort, wo Auma geboren wurde. Somit lernte auch Barack Obama Breslauer Zwerge kennen!

Künstler Eugeniusz Get-Stankiewicz

Es gibt aber bestimmt mehr männliche Zwerge. Die Proportionen wurden bei uns überhaupt nicht eingehalten.

Weil die Parität nicht gerecht aufgeteilt war, erschien bei mir im Büro der inzwischen verstorbene Künstler Eugeniusz Get-Stankiewicz, mit dem ich befreundet war. Er kam mit seiner Freundin Barbara Idzikowska – einer Glas-Künstlerin. Sie meinten, die Gender-Proportionen sind nicht richtig und schlugen vor, bei mir im Büro eine gläserne Gardine zu fertigen. Auf dieser Gardine befinden sich Figuren von Zwergen, aber es sind ausschließlich Zwerginnen. Es gibt dort einige Dutzend von weiblichen Zwergen, also die Anzahl glich sich aus.

Get hatte viele unkonventionelle Ideen.

An der Ecke des Ringes stehen die zwei Bürgerhäuser „Hänsel" und „Gretel". Get arbeitete in dem Hänsel-Haus, in dem es bis heute eine kleine ihm gewidmete Ausstellung gibt. Ich habe mit ihm einen Vertrag für die Miete des Hauses unterschrieben. Das war ein Ehrenvertrag – die Miete betrug nur einen Groschen pro Jahr. Am Ende jedes Jahres kam Get mit diesem Groschen zu mir. Zusätzlich brachte er noch ein eigenes Werk: eine Graphik, ein Bild. Alle diese Gegenstände hingen bei mir im Büro, wurden aber gleich zum Besitz des Historischen Museums. Get sagte immer, das Werk, das er mitbringt, ist einen Groschen wert ... Get organisierte auch manchmal Happenings. Einmal hängte er an die Eingangstür die Tafel: Hier erinnert man sich an den Vornamen des Professors Alzheimer.

Ja, diese Tafel habe ich auch einmal von ihm bekommen. Der Professor Alzheimer verbrachte die drei letzten Jahre seines Lebens in Breslau. Nur wenige wussten davon. Weil er sich mit der „Krankheit des Vergessens" beschäftigte, war die Tafel von Get einfach genial. Und Herr Oberbürgermeister weiß, wie Alzheimer mit Vornamen hieß?

Aber klar – Alois! Ein anderes Mal machte Get mit mir ein Examen im Bereich der Vergoldung. Der Unterricht dauerte fünf Minuten, danach musste ich die Prüfung ablegen. Nachdem ich sie positiv bestand, bekam ich das Diplom eines Goldmachers.

Die Arbeiten von Get sind in der ganzen Stadt zu sehen. Einen schönen Eindruck macht das große Glasfenster in der Elisabethkirche.

Als Johannes Paul II. gestorben war, gab es in der Elisabethkirche (Garnisonkirche) einen Gottesdienst. Dabei wurde auch ein Plakat mit dem Papst gezeigt. Viele Bürger begannen spontan unter das Plakat Kerzen zu stellen. Einige Zeit später kamen Get und Barbara zu mir und sagten, dass sie dieses Bild vom Gesicht des Papstes und den Kerzen vor Augen haben. Sie schlugen vor, ein Glasfenster mit diesem Motiv anzufertigen. Weil sich in dieser Kirche seit Jahrhunderten eine Kapelle der Breslauer Ratsherren befindet, konnten wir hier das Glasfenster stiften. Nicht nur dieses. Einen besonderen Eindruck macht auch das Glasfenster von Jerzy Kalina, das dem polnischen Untergrund-Staat gewidmet ist. Bei diesen Themen muss man aufpassen, dass man nicht übertreibt und dass es nicht zu sehr pathetisch ist. Das Glasfenster ist ganz gut gelungen. Bald wird auch die Orgel wiederaufgebaut.

KURT MASUR UND DIE ORGEL DER ELISABETHKIRCHE

Das war die größte Katastrophe für die Kirche, als 1976 Feuer ausbrach und die Ausstattung der Kirche – vor allem die prächtige Orgel von Michael Engler aus dem 18. Jahrhundert – zerstörte.

Die Entscheidung für den Wiederaufbau habe ich unterschrieben. Die Firma Orgelbau Klais, die die Orgel für das Nationale Forum für Musik fertigte, baut auch diese Orgel. Warum war das für mich so wichtig? Es bat mich darum einer der Ehrenbürger unserer Stadt, ein genialer Musiker und Dirigent: Kurt Masur. Als kleiner Junge kam er einmal aus Brieg, wo er wohnte, und nahm mit seiner Mutter an einem Orgelkonzert in der Elisabethkirche teil. Dieses Konzert verursachte, dass Kurt Masur Musiker wurde. Später tat ihm das Herz so weh, dass diese Orgel durch das Feuer zerstört worden war. Einige Male schenkte er mir CDs mit dem Ton der Breslauer Orgel – er fand den Klang einmalig. Er erzählte mir, dass er eigentlich Organist oder Pianist werden wollte, litt aber an einer Krümmung eines Fingers. Deshalb ist er Dirigent geworden.

Die Orgel wird wiederaufgebaut und eine Tafel zu Ehren von Kurt Masur hängt bereits in der Vorhalle am Seiteneingang. Schade, dass der Meister es nicht miterlebten konnte.

Bei der Enthüllung der Tafel waren seine Frau Tomoko Sakurai dabei und sein Sohn, der auch Dirigent ist. Die Orgel, die bald in die Kirche zurückkehrt, wird ein Instrument von Weltklasse sein. Mein Wunsch wäre, sie auch in das Marketing einzubeziehen. Nicht alle kennen vielleicht Kurt Masur, aber alle kennen Frédéric Chopin. Er war in Breslau und übernachtete in der Gastwirtschaft „Zum Rautenkranz" (Ohlauer-Str., wo jetzt ein kleines Chopin-Denkmal steht). Er hörte auch Orgelmusik in dieser Kirche. Man könnte es mit einbeziehen. Ich wollte immer, dass es auf dem Ring mindestens drei Attraktionen gibt: das Symbol des Bürgertums – das Breslauer Rathaus, das Museum für Pan Tadeusz, das mit Lemberg und Polentum verbunden ist und die dritte Attraktion sollte die Elisabethkirche mit der Orgel sein. Ich wünschte mir, dass in Breslau, genauso wie es in Oliva (Danzig), Wien oder Prag der Fall ist, kurze Orgelkonzerte stattfinden, etwa jede Stunde oder ein Mal pro Tag. Um das zu organisieren, müssten ein oder zwei Organisten fest eingestellt werden,

Kurt Masur wird zum Ehrenbürger von Breslau, 2007
(Foto aus dem Archiv des Oberbürgermeisters)

aber das sind keine hohen Kosten. So ein Konzert ist eine fantastische Sache. Im Sommer, wenn es besonders heiß wird, könnte man reinschauen, sich ein Ticket kaufen und im kühlen Raum der Kirche der Orgelmusik lauschen.

Breslau wird also bald ein zweites hochklassiges Musikinstrument haben. Das erste wurde schon im Nationalen Forum für Musik ein-

geweiht. Es wird möglich, große und wirklich bedeutende Veranstaltungen zu organisieren.

Beide Wettbewerbe für den Bau der Orgel gewann die Firma Orgelbau Klais aus Bonn, die sich seit Jahren mit der Produktion von Orgeln beschäftigt.

Das Nationale Forum für Musik – eine Visitenkarte der Stadt

Es war ein riesengroßes Projekt – zuerst der Bau des Nationalen Forums für Musik, dann der Orgeln …

Die Idee für den Bau einer neuen Philharmonie entstand schon am Anfang meiner Amtszeit. Aber von der Idee zur Realisierung mussten wir lange abwarten – der Bau war erst dank der EU-Finanzierung möglich. Wir dachten uns aber einen Ort aus, wo die Philharmonie stehen könnte. Wie sich herausstellte – wir wählten einen Ort aus, der schon in den 1960er Jahren für ein niederschlesisches Operettenhaus bestimmt war. Wir wussten aber davon nichts. Zu unserem Glück wurde das Gebäude damals wegen Geldmangels nicht errichtet.

Das Projekt bereitete damals der Architekt Stefan Kuryłowicz vor, der später für die Realisierung des Nationalen Musikforums verantwortlich war. Bei dem ersten Projekt lernte er eine Studentin kennen, die zwei Jahre später seine Frau wurde. Sie gründeten zusammen das Architekturbüro Kuryłowicz & Associates. Nachdem ein Wettbewerb für die Philharmonie in Breslau ausgeschrieben worden war, meldeten sie sich wieder. Sie haben sich beim ersten Projekt kennengelernt, deshalb wollten sie gewinnen und etwas Tolles für unsere Stadt machen.

Sie haben es auch geschafft!

Bevor aber das Nationale Forum für Musik entstand, wurden viele Konzertsäle in der ganzen Welt geprüft und angesehen?

Als die Entscheidung für den Bau der neuen Philharmonie getroffen wurde, wollten wir von den Besten lernen. Ich wurde vom jetzigen Direktor Andrzej Kosendiak gebeten, überall, wo ich sein werde, die Konzerträume zu besuchen. So war es zum Beispiel in New York, der Carnegie Hall, in São Paulo, in Helsinki. Andrzej Kosendiak besuchte alle Konzertsäle, die bekannt für ihre gute Akustik waren. Daraus entstand eine Idee, die ganz wichtig für das Nationale Musikforum war: nämlich dass zuerst ein akustisches und erst dann ein architektonisches Projekt vorbereitet wurde. In der Regel macht man es umgekehrt: Zuerst wird das Objekt gebaut und dann versuchen die Akustiker, etwas zu arrangieren. Aber ihre Freiheit ist schon begrenzt. Wir machten es anders. Wir wählten zuerst in einem Wettbewerb einen akustischen Berater und er bereitete die Grundlagen für die Architekten vor. Der Architekt musste sich an die akustischen Grundlinien und Regeln halten. Des-

Das Nationale Forum für Musik (Foto: Łukasz Rajchert@NFM)

Der Hauptsaal des Nationalen Forums für Musik (Foto: Łukasz Rajchert@NFM)

halb ist die Akustik im Nationalen Musikforum hervorragend. Einige sagen, die Beste in Europa.

Heutzutage ist solche Vorgehensweise selbstverständlich.

Vor kurzem haben die Philharmoniker aus München ähnlich gehandelt. Als eine Entscheidung für den Bau der Philharmonie in München getroffen wurde, hat sich das Ensemble dazu entschlossen, verschiedene Städte zu besuchen und in verschiedenen Konzerträumen zu spielen. Sie waren in Hamburg, Paris und auch in Breslau. Sie stellten fest, das Breslauer Modell ist für sie am besten. Typisch für das Objekt ist eine völlige Stummschaltung beziehungsweise vollständige Abschaltung, es heißt „Box in Box", akustische Wände, bewegliche Decken, die auch der Akustik dienen. Der Endeffekt ist, überall im Saal hört man gleich. Sowohl beim Publikum als auch auf der Bühne.

Es gab aber einige Probleme beim Bau der Philharmonie? Man trennte sich von der zuerst beauftragten Firma.

Es gab einige Probleme. Erstens: Man hat auf dem Bauplatz die Reste von den Stadtmauern gefunden. Die Archäologen sind gekommen und untersuchten alles. Das kostete uns mindestens ein halbes Jahr Verspätung. Aber das musste gemacht werden. Die Fragmente der Stadtmauer haben wir auf dem ehemaligen Schlossplatz (heute plac Wolności) unter Glas gezeigt. Zweitens: Der Auftragnehmer wurde im Rahmen eines Ausschreibungsverfahrens, wie es immer der Fall ist, ausgewählt. Wahrscheinlich war es so, dass die Firma, die gewonnen hat, bei der Ausschreibung bewusst unterboten hat. Plötzlich hatten wir Zweifel, wenn es um die Qualität der Bauarbeiten ging. Die Firma wollte viel mehr Geld und wir durften nicht so viel Geld drauflegen. Ein bisschen schon, aber nicht so viel, wie die Firma haben wollte. Vor allem ging es hier um die Qualitätsfrage. Deshalb mussten wir uns von der ersten Firma trennen. Und drittens: Wie es oft überall ist, kamen auch bei uns Verspätungen – genauso war es bei dem Bau der Elbphilharmonie in Hamburg.

Oder in Berlin. Der Berliner Flughafen hat alle möglichen Termine überschritten. Die Kosten waren auch höher als ursprünglich geschätzt.

Ich kann mich jetzt an die genauen Summen nicht erinnern. Sie waren für polnische Verhältnisse hoch – es ist klar. Aber wenn man sie mit anderen Ländern in Europa vergleicht, wo man solche Objekte gebaut hat, sind sie nicht atemberaubend. In Wirklichkeit waren wir viel billiger. Am wichtigsten ist es, dass die Stadt ein akustisch sehr gutes Objekt besitzt. Das Nationale Forum für Musik wird von den Breslauern sehr geliebt und gehört ohne Zweifel zu den Visitenkarten der Stadt. Breslau hat jetzt eine Oper, ein Musiktheater und eine moderne Philharmonie.

Superproduktionen der Breslauer Oper

Die Breslauer Oper ist in den letzten Jahren auch bekannt geworden. Vor allem dank der großen Open-Air-Veranstaltungen, den sogenannten Superproduktionen.

Die Superproduktion der Breslauer Oper – die Aufführung von „Gioconda" auf der Oder (Foto: Marek Grotowski@Opera Wrocławska)

Nach dem großen Hochwasser 1997 bekam die Oper gefährliche Risse und musste dringend renoviert werden. Für zehn Jahre wurde sie geschlossen. Die damalige Intendantin und Dirigentin Ewa Michnik kam auf die Idee, die Opernaufführungen außerhalb des Operngebäudes zu organisieren.

Sie wurden in einem großen Stil aufgeführt. Dadurch wurden sie zum Erkennungszeichen unserer Stadt, zum „Breslauer Phänomen".

Die Aufführungsorte dieser Mammutvorhaben waren wirklich vielfältig: auf den Inseln, auf dem Dach einer Einkaufsgalerie, auf dem Wasser oder in der Jahrhunderthalle. Hier ist vor allem „Der Ring des Nibelungen" von Richard Wagner zu nennen. Obwohl die einzelnen Teile sehr lang waren, verkauften sich die Tickets ganz schnell. Die Breslauer waren begeistert.

Diese riesengroßen Aufführungen haben auch bei der Entwicklung

des kulturellen Tourismus in Breslau geholfen. Denn zu diesen Aufführungen kamen speziell Gruppen aus verschiedenen Ländern Europas, so aus Deutschland, Tschechien oder Österreich.

Das war eine tolle Idee von Ewa Michnik. Deshalb, obwohl die Oper keine städtische Institution ist, haben wir sie auch finanziell und organisatorisch unterstützt. Einmal halfen wir mit Decken – die Veranstaltungen waren draußen, spät am Abend und manchmal war es furchtbar kalt. Ich half Ewa Michnik auch in einer anderen Sache: Als die Renovierung der Oper schon zu Ende ging, stellte sich heraus, dass es kein Geld für einen Aufzug gibt. Es musste ein spezieller elliptischer Aufzug sein. Ich machte eine Art von Happening: Ich schlug dem Stadtrat einen Ausflug in die Oper vor, um zu sehen, wie schön sie renoviert wurde. Viele gingen mit. Wir waren begeistert – Ewa Michnik hat uns damals geführt und sagte, dass es alles außer dem Aufzug gibt. Ich wandte mich damals an den Stadtrat und fragte gleich – wer ist dafür, der Oper einen Fahrstuhl zu stiften? Die Mehrheit war dafür. So hat die Oper das Geld für den Aufzug bekommen.

Ich hörte von Frau Michnik auch eine Anekdote – als die Renovierung zu Ende ging und alles schon fertig war, wartete man lange auf die bauaufsichtliche Zulassung. Damals sollten die Wahlen der Miss Polonia, also der schönsten Polin dort stattfinden. Sie erzählte, sie rief Sie an und sagte, sie muss die Veranstaltung absagen, weil sie immer noch keine Papiere hat. Plötzlich, nach einer halben Stunde erschien eine Equipe und alles ließ sich schnell erledigen.

So kann es gewesen sein, aber daran kann ich mich nicht mehr erinnern. Es muss aber gleich gesagt werden: ich beschleunigte oft solche Angelegenheiten, und machte meinen Beamten Tempo, aber wir haben nie gegen das Gesetz verstoßen. Nie.

Nachdem die Oper eröffnet worden war, wurden die Oper-Air-Aufführungen doch fortgesetzt. Eine spezielle Aufführung wurde 2016 im neuen Stadion vorbereitet.

Die Superproduktionen werden bis heute fortgesetzt. Im Hintergrund das Gebäude der Breslauer Oper (Foto: Małgorzata Urlich-Kornacka)

Die gigantische Inszenierung von „Carmen" war eine symbolische Anspielung auf die zweite Kulturhauptstadt – die baskische Stadt San Sebastián. Das Projekt wurde etappenweise durchgeführt: zuerst wurden auf beiden Seiten Musiker und Tänzer ausgewählt, die später gemeinsam an den Workshops teilgenommen haben. Aus dieser Gruppe wurden die Teilnehmer für die Endveranstaltung ausgewählt.

Diese Superproduktionen waren eine Spezialität von Breslau. Sie fehlen mir sehr. Schade, dass sie jetzt nicht so regelmäßig organisiert werden.

Sie werden fortgesetzt, aber bestimmt nicht in einer so gigantischen Form. In den letzten Jahren wurden sie auf dem Platz hinter der Oper organisiert – das Operngebäude hat mitgespielt. Aber sie waren nicht mehr so gigantisch, weil der Platz auch begrenzt war.

Manchmal ist es so, einige Sachen sind einfach Autorenprojekte. Sie hängen nicht von der Institution, sondern von einer konkreten Person ab. Wenn die Person nicht mehr da ist – Frau Michnik ist in Rente gegangen – verschwinden auch die Projekte.

Ich weiß, dass die Superproduktionen fortgesetzt werden, sobald es die Pandemie erlaubt. Sie werden auch als Open-Air-Veranstaltungen vorbereitet.

1000 Jahre Breslau im Königlichen Schloss

Ein weiteres kulturell sehr interessantes Projekt bildet das Königliche Schloss und die Ausstellung zur 1000-jährigen Geschichte der Stadt. Die ganze Geschichte der Stadt wird hier kurz und bündig, aber sehr interessant und objektiv dargestellt. Auch Abschnitte aus der Geschichte, die früher verschwiegen wurden. Wir sind jetzt an die Situation gewöhnt, dass man das Vorkriegs- und Nachkriegsbreslau als einen Organismus betrachtet, aber noch vor einigen Jahren war das nicht so selbstverständlich ...

Es gibt zwei Museen in Breslau, die die Geschichte der Stadt präsentieren: das historische Zentrum „Zajezdnia" im historischen Straßenbahndepot, wo der Solidarność-Streik begann, hier wird das Schicksal der Stadt ab 1945, also ab den Vertreibungen bis heute gezeigt und die Ausstellung im Königlichen Schloss, die die tausendjährige Geschichte der Stadt darstellt. Wir bereiteten die Ausstellung in „Zajezdnia" vor, um zu zeigen, wie sich die neue Identität der Stadt nach 1945 entwickelte. Dieser Abschnitt ist im Vergleich zu der tausendjährigen Geschichte von Breslau kurz, aber ganz wichtig für die heutigen Einwohner. Deshalb haben wir uns für diese zwei Museen entschieden. Im Schloss wird die ganze, tausendjährige Geschichte präsentiert. Warum die tausendjährige? Im Jahre 1000 wurde in Breslau ein Bistum gegründet. Die Stadt entstand später, aber das Datum war ganz symbolisch. Deshalb wurde im Jahre 2000 Millennium der Stadt gefeiert. Es gab schöne Feierlichkeiten und daraus wurde übernommen, dass Breslau eine tausendjährige Stadt ist. Wie wurde es möglich, dass so eine Ausstellung – mit allen Abschnitten aus der Geschichte der Stadt – vorbereitet wurde? In der Solidarność-Zeit wurde in Breslau ein Gefühl der Souveränität geboren. So wie ich schon früher erwähnte – wir fühlten uns endlich zu Hause. Wenn sich jemand souverän fühlt, hat er keine Komplexe, wenn es um die Vergangenheit und Zukunft geht. Damit ist auch eine große Offenheit gegenüber der Geschichte der Stadt verbunden, die in der Tat sehr kompliziert und vielfältig ist. Und sie war lange mit dem deutschsprachigen Raum verbunden.

Sehr offen für diese reiche Vergangenheit ist der hervorragende Kenner der Stadt und langjährige Direktor des Städtischen Museums, Dr. Maciej Łagiewski?

Eröffnung der neuen Ausstellung im Königlichen Schloss, 2009; (v.l.:) Rafal Dutkiewicz, Bauleiterin Urszula Badura, Museumsdirektor Maciej Łagiewski und Kulturminister Bogdan Zdrojewski (Foto: Muzeum Miejskie Wrocławia)

Maciej Łagiewski hat immer wieder erzählt, wie kompliziert die Geschichte von Breslau ist. Einen Teil des historischen Museums bildete das Museum der Medaillenkunst, das sich am Ring befand. Ich bat den Direktor darum, das Museum zu verlegen. Dieses Gebäude am Ring haben wir dem Ossolineum geschenkt und dort wurde das Pan-Tadeusz-Museum mit der Handschrift des Nationalepos von Adam Mickiewicz eröffnet. Dafür versprach ich Herrn Łagiewski das Spätgen-Palais, das oft Königliches Schloss genannt wird, zu renovieren und Geld für die Ausstellung zur Geschichte der Stadt zu finden. Der Vorschlag wurde akzeptiert.

Die Ausstellung ist wirklich sehr gut gelungen. Es ist einer meiner Lieblingsplätze in der Stadt.

Bei der Vorbereitung der geschichtlichen Ausstellung hat Herrn Łagiewski der heutige Direktor des Nationalmuseums – Dr. hab. Piotr Oszczanowski – geholfen, auch ein hervorragender Kenner der Stadt. Es entstand meiner Meinung nach ein schönes Museum, das aus drei oder sogar vier Teilen besteht. Es gibt hier einen Pfad zur tausendjährigen Geschichte von Breslau. Den zweiten Teil bilden die Ausstellungsräume für Wechselausstellungen. Den dritten Teil bildet ein barocker Garten hinter dem Schloss. Den vierten Teil die Räume in der ehemaligen Schlossküche auf dem Schlossplatz (plac Wolności), wo sich heute eine Abteilung des Museums befindet – das Henryk-Tomaszewski-Theatermuseum. Mir scheint, es gibt keine andere

Das Königliche Schloss,
mit seinem barocken Garten
(Foto: Marek Maruszak)

Stadt in Polen, die so ein komplettes Museum der Geschichte hat. Natürlich nimmt die Besichtigung viel Zeit in Anspruch, wenn man sich alles genau anschauen will. Aber man kann sich auch für eine Route entscheiden, die rund 45 Minuten dauert.

Schön, dass der Eintritt für die Dauerausstellung frei war.

Als wir uns um den Titel der Europäischen Kulturhauptstadt beworben haben, habe ich mich entschieden, den Eintritt in alle städtische Museen kostenlos zu machen.

Es war sehr praktisch. Man konnte mit den Gruppen oder Schulkindern einfach reinschauen.

Wenn es um die Schüler geht, bat ich auch Herrn Łagiewski, die Ausstellung multimedial zu machen, sodass sie attraktiv für die Schüler ist. Und so wurde sie auch gestaltet.

Dieses Museum ist ein Symbol dafür, dass die Stadt das alte Erbe übernommen hat. Diese Frage wird oft in vielen Diskussionen berührt. Es wird oft gefragt, ob die Geschichte unterbrochen wurde oder fortgesetzt wird? Ich glaube beides: sie wurde unterbrochen und wird auch fortgesetzt.

Norman Davies – Chronist Breslaus

Wie sind Sie auf die Idee gekommen, die Geschichte der Stadt von dem Historiker Norman Davis schreiben zu lassen? „Blume Europas" – so heißt das Buch auf Deutsch.

Das war die Idee meines Vorgängers – Bogdan Zdrojewski oder eigentlich des Ossolineum-Direktors Adolf Juzwenko. Er war befreundet mit Norman Davies. Bei einem Treffen im Rathaus fiel die Entscheidung, dass Davies mit Moorhouse die Geschichte unserer Stadt schreiben soll.

Das war nach meiner Meinung eine tolle Entscheidung. Denn Davies verfasste davor eine Geschichte Europas, die allgemein bekannt wurde. Ich setzte dieses Projekt fort, indem wir das Buch „Mikrokosmos" in zusätzliche Sprachen übersetzten. Am Anfang gab es nur drei Versionen: auf Polnisch, Englisch und Deutsch. Wir gaben die russische, tschechische, italienische und französische Version dazu. Ich wünschte mir noch eine spanische Übersetzung, aber ich schaffte es nicht mehr. Die Geschichte Breslaus ist aber in den wichtigsten Sprachen zugänglich. Das ist wirklich eine Prestigesache. Der deutsche Titel „Die Blume Europas" klingt besonders schön.

Ich glaube, er ist der schönste von allen!

In Deutschland erfreut sich das Buch eines besonderen Interesses. Viele meiner Bekannten, die das Buch lasen, sagten mir, nach der Lektüre sind sie imstande, die Geschichte von Polen und von Deutschland besser zu begreifen. Es wurde ihnen klar, wie sich das Ganze entwickelte. Ich habe das Buch vielen Personen geschenkt, überall, wo ich zu Besuch war. Auch bei den Expo-Bemühungen.

Norman Davies wurde auch Ehrenbürger der Stadt?

Norman Davies hat jetzt die polnische Staatsangehörigkeit. Der ehemalige polnische Präsident Bronisław Komorowski hat ihm diese verliehen. Aber bevor es dazu kam, wollte Davies unbedingt irgendein polnisches Dokument haben. Wir dachten uns etwas aus, nämlich dass ich ihm ein Dokument, das dem polnischen Personalausweis ähnlich ist, ausstelle. Dort stand aber, dass es ein Personalausweis eines Ehrenbürgers der Stadt Breslau ist. Unten war noch der Text „Alle, denen dieses Dokument vorgezeigt wird, sind verpflichtet, dem Besitzer des Ausweises Hilfe zu leisten". So ein Dokument wurde gedruckt. Norman war sehr stolz, dass er so ein Dokument bekommen hatte. Er zeigte es sogar Donald Tusk und dieser fragte, ob es legal wäre? Es war bestimmt so halboffiziell!

Mit Wim Wenders im Odertorviertel

Während der Kulturhauptstadt 2016 wurde die Verleihung der Film-preise in Breslau organisiert. Bei dieser Gelegenheit kamen auch Wim Wenders, viele Regisseure und Schauspieler zu uns. Woher kam die Idee, sie zu dem weniger repräsentativen Stadtviertel – zum Odertor – mitzunehmen?

Die Revitalisierung des Odertorviertels stand teilweise mit der Kultur-hauptstadt im Zusammenhang. Das Projekt, Orte zu schaffen, wo die Leute an künstlerischen Workshops teilnehmen können, um sie dann in Form einer öffentlichen Galerie an den Wänden der vernachlässig-ten Bürgerhäuser zu präsentieren, dachte sich mein Stellvertreter Adam Grehl aus. Ich wollte diese authentische Kunstgalerie, die von profes-sionellen wie von Hobby-Künstlern geschaffen wurde, Wim Wenders zeigen. Man muss sagen, Wim Wenders war begeistert davon. Vor allem deshalb, dass dieses Gelände teilweise halbwild war. Also, weil dort nicht alles tip-top, wie eine Pralinenschachtel aussah. An manchen Orten gab es Lücken im Pflaster oder der Putz fehlte. Das fand er sehr authentisch. Einige Sachen gefielen Wim Wenders in Breslau besonders: der Vier-Kuppel-Pavillon, in dem er sich auf den Boden legte, um besser die Kup-pel zu sehen, die Auffahrt zum Domturm und das Treffen mit dem Bres-lauer Laternenanzünder und das Odertorviertel. Einerseits waren das die Malereien und Keramikkunstwerke, andererseits der Raum selbst, wo noch nicht alles perfekt ist und wo sich das Schöne mit dem Hässli-chen mischt. Er lobte diese Idee und bat uns darum, bei den Revitalisie-rungsprozessen, darauf zu achten, diesen Charakter nicht zu zerstören.

Die Wandmalereien befinden sich auf beiden Seiten der Roosevelta-Straße und man plant, jetzt einen dritten Innenhof zu bewirtschaften. Dort sollen nämlich Filmmotive entstehen, weil Breslau über viele Jahre eine Filmstadt war. Im Moment ist noch kein Geld da. Aber die anwesenden Künstler sagten, wenn das entsteht, werden sie auf eigene Kosten nach Breslau kommen, um das zu sehen.

In diesem Projekt steckte viel gute Energie. Deshalb bemühten wir uns, einigermaßen finanziell zu helfen. Einige Bewohner haben richtige Talente in sich entdeckt, zum Beispiel Herr Zenon Dębowski, ein ehemaliger Schlosser. Er macht jetzt wunderschöne Keramikelemente. Ich kann mich erinnern, er fragte meinen Stellvertreter Adam Grehl, ob ich ein Hobby habe. Der Stellvertreter sagte ihm, dass ich verschiedene Miniaturen von Pferden sammle. Eines Tages bekam ich einen schönen Keramik-Pferdekopf, der bis heute bei mir steht. Ein bisschen wie ein Mafiageschenk, aber sehr schön gemacht.

Bei dieser Gelegenheit entstand auch ein Mural, wo Schauspieler und Regisseure ihre Unterschriften anbrachten. Aber ich habe die Unterschrift von Wim Wenders und von Ihnen nicht entdecken können.

Nein, ich weiß nicht warum, aber wir haben uns dort nicht verewigt. Vielleicht überreden wir Wim Wenders, noch einmal nach Breslau zu kommen. Wir werden es nachholen.

Ein Gemälde der Partnerstadt Breda

Vor kurzem hat Ihr Nachfolger – Oberbürgermeister Jacek Sutryk – ein großes Wandgemälde im Stadtviertel Odertor (Łukasiewicza-Str.) enthüllt. Es ist das Geschenk der holländischen Partnerstadt Breda. Aber es ist eigentlich eine Fortsetzung einer unglaublichen Geschichte, die Sie begonnen haben?

So ist es, denn dieses Wandgemälde, von einem holländischen Künstler gemalt, wurde als Gegengabe für das Geschenk gestaltet, das wir früher der holländischen Stadt machten. Breda wurde im Oktober 1944 durch die 1. Polnische Panzerdivision des polnischen Generals Stanisław Maczek befreit. Bis heute kann man in Breda einen für uns besonders schönen und netten Spruch hören: „Die Freiheit brachten uns die Polen". Ich war davon begeistert und wollte auch heutzutage unsere Anwesenheit dort unterstreichen. Zusammen mit dem Oberbürgermeister von Breda, Paul Depla, realisierten wir ein Projekt. Es gibt nämlich in Breda ein Museum: „General-Maczek-Memorial", das der Befreiung durch Polen gewidmet ist. Denn die Stadt wurde bei dem Angriff der polnischen Armee nicht zerstört, weil General Maczek den Einsatz von Panzerkanonen verbot. Dieses Museum befindet sich aber am Rande der Stadt und nicht alle wissen, wie man dahinkommt. Also unser Projekt beruhte darauf, dass man im Zentrum der Stadt einen Wegweiser – eine künstlerische Installation, aufstellte, die den Weg zum Museum zeigen sollte. Wir organisierten in Breslau einen künstlerisch-architektonischen Wettbewerb. Gewonnen hat der Breslauer Künstler Tomasz Tomaszewski. Seine Arbeit heißt „Gedächtnis" und ist sehr symbolisch: In der Granitfläche sind die Spuren der Raupen des Panzers, der britischen Cromwell VIII sichtbar, mit dem während der Befreiung der Stadt der polnische General Maczek in die Stadt einfuhr. Die Skulptur wurde in einem Park anlässlich des 75. Jahrestages der Befreiung von Breda installiert.

Viele berühmte Persönlichkeiten dieser Welt, etwa der Dalai Lama, waren in Breslau zu Gast. Was ist das seltsamste Geschenk, was Sie je von Ihren Gästen erhalten haben?

Eines Tages besuchte mich der Vizebürgermeister von unserer Partnerstadt Grodno (Hrodna). Er schenkte mir ein eher ungewöhnliches Geschenk – eine Zwei-Liter-Flasche von Sprite. Überrascht nahm ich das Geschenk an, dankte dem Vizebürgermeister und überlegte, was es zu bedeuten hat. Als ich dabei die Worte „Nur den Kindern nicht geben" hörte, fiel mir ein, was es sein könnte: Es war ein erstklassiger weißrussischer Samogon. Ich bedankte mich noch einmal für das Geschenk. Dann hörte ich von ihm Worte, die mein Erstaunen noch größer machten: „My znajem, Wy liubitie" (Ich weiß, dass Sie es mögen). Leider habe ich den Samogon nicht probieren können, weil meine Bekannten ihn ausgetrunken haben.

Die grössten Erfolge

Wenn man eine Art von Rangliste gemacht hätte, was würden Sie aus der heutigen Perspektive auf den ersten Platz stellen, wenn es um Ihre größten Erfolge geht?

Vier Amtszeiten war ich als Oberbürgermeister tätig und jede Amtszeit war anders. Und andere Herausforderungen standen vor mir. Die meisten Oberbürgermeister behalten die erste und die zweite Amtszeit in der stärksten Erinnerung. Bei mir lässt sich nicht leugnen, dass die größten, die „messbaren" Ergebnisse und Erfolge in der vierten, letzten Amtszeit kamen. Wenn ich jetzt die drei wichtigsten Erfolge nennen sollte, würde ich auf dem ersten Platz sicher die Europäische Kulturhauptstadt 2016 verorten. Unter vielen europäischen Kulturhauptstädten wurde das Breslauer Projekt sehr hoch benotet. Es wurde für andere Kulturhauptstädte als Vorbild genannt. Bestimmt deswegen, weil wir das Projekt allumfassend angingen, das heißt alle waren damit beschäftigt: Vorschulkinder, Stadtführer, Künstler, Beamte und so weiter. Also nicht nur eine ausgewählte Gruppe, die das leiten und organisieren sollte, sondern wirklich alle.

An der Veranstaltung „Vier Elemente", die als Umzug durch die Stadt organisiert wurde, nahmen selbst Strafgefangene teil! Worauf sind Sie am meisten stolz?

Europäische Kulturhauptstadt 2016

Auf einige Sachen war ich besonders stolz. Erstens: Wir waren die erste Stadt, die das Thema der Architektur zu den Feierlichkeiten der Europäischen Kulturhauptstadt eingeführt hat. Zweitens: Von allen europäischen Kulturhauptstädten haben wir die größte Zahl von Veranstaltungen organisiert. Das Jahr hat 365 Tage und wir realisierten insgesamt über 4000 Projekte! Wenn ich Projekt meine, dann denke ich z.B. an die Theaterolympiade, während der man 80 Aufführungen vorbereitete. Es gab also 4000 Projekte, aber noch viel mehr Ereignisse. Ich glaube, es gibt keine Person, die imstande wäre, an jeder Veranstaltung der ESK teilzunehmen. Es gab auch unterschiedliche Events: mal rote Teppiche und Events im großen Stil, wie bei der Verleihung des Europäischen Filmpreises oder Theaterolympiade. Aber es gab auch kleine und bescheidene – für Vorschulkinder oder das Projekt der Mikrograms für die Einwohner. Sie konnten im Rahmen dieses Projekts eigene Bürgerinitiativen und Ideen anmelden und realisieren. Damals haben wir auch auf die Kultur in den Parks gesetzt: In den zwölf Parkanlagen wurde eine kleine Infrastruktur gebaut – eine kleine Bühne, auf der sich die Kinder oder Senioren präsentieren konnten. Das erfreute sich einer großen Beliebtheit. Letztendlich: Wir hatten eine ganze Reihe von Veranstaltungen außerhalb des Stadtzentrums. Wenn es um die Zahl der Beteiligten und die Aktivität der Bürger geht, war dies das Projekt mit der größten Bürgerbeteiligung in der Geschichte der Stadt.

Vieles ist auch bis heute geblieben. Das ist der größte Erfolg der Stadt als Europäische Kulturhauptstadt 2016.

Zuerst sollte man das immaterielle Erbe erwähnen. Die Breslauer haben angefangen, häufiger ins Museum, Theater oder ins Konzert zu gehen und sich häufiger an der Kultur zu beteiligen. Bevor das Nationale Forum für Musik entstand, hatten wir nur eine kleine Philharmonie, die über 400 Plätze verfügte. Jetzt haben wir ein Objekt, das über vier Konzerträume verfügt. Der größte Saal kann etwa 1800 Menschen fassen. Oft sind die Tickets zu hundert Prozent ausverkauft. Das zeigt, wie sich die musikalischen Gewohnheiten der Einwohner verändert haben. Dazu kommt noch das materielle Erbe: der Bau des schon erwähnten Musikforums, der Ausbau und die Modernisierung des Musiktheaters „Capitol", die Eröffnung des neuen Theatermuseums, des Pan-Tadeusz-Museums, die Gründung einiger neuer Kulturzentren, die Revitalisierung der Dahlieninsel mit dem Werk von Oskar Zięta, die Renovierung eines Innenhofes in der Ruska-Str. 46b, wo eine Passage mit Neonlichtern und vielen kulturellen Einrichtungen entstand oder die Neueröffnung der alten Milchbar „Barbara" in Form eines Infopunktes der Europäischen Kulturhauptstadt. Also die kulturelle Infrastruktur wurde entwickelt und bereichert. Das Kulturangebot hat sich auch erweitert, z.b. die Filmvorführungen wurden um die Diskussionen mit den Gästen ergänzt.

Im Rahmen der ESK sind auch einige interessante Bücher erschienen. Mir persönlich gefällt das Buch mit den besten polnischen Gedichten, die ins Deutsche übersetzt wurden: „Ein Weg, der niemals endet". Einige Gedichte wurden von den polnischen und deutschen Kindern auf dem KIBUM in Oldenburg präsentiert.

Es gab viele Veröffentlichungen. Für mich ist das Buch „Culture and human rights: the Wrocław commentaries" das Wertvollste davon. Der Ideengeber der Veröffentlichung war Andreas J. Wiesand, einer der Juroren der ESK. In diesem Kulturlexikon wird darüber berichtet, dass es viele internationale Deklarationen gibt, die die Menschenrechte bestätigen. Die Zivilisationsentwicklung garantiert den Bürgern das Recht auf allgemeine Versicherung, das Recht auf die allgemeine Bildung und vieles mehr. Niemand aber erwähnte das Recht auf den freien Zugang zur Kultur. Dieses „Kulturlexikon" sammelt die ganze Literatur und die Fragen zur rechtlichen Seite dieses Zugangs, die damit verbunden sind, dass jeder Mensch ein Recht auf die Kultur hat.

Welche Veranstaltung haben Sie am besten in Erinnerung? Es gab viele, klar, aber vielleicht können Sie auf irgendeine hinweisen? Mir persönlich hat am besten die „Flow" gefallen, an der Musiker aus verschiedenen Teilen der Welt teilnahmen. An der Oder wurde eine große Show mit Schiffen, Booten vorbereitet. Die Bilder wurden an die Gebäude der Sand- und Dominsel projiziert. Das machte einen riesengroßen Eindruck.

Mir haben alle Veranstaltungen gefallen, die Regisseur Chris Baldwin vorbereitete. Vor allem deshalb, weil sie die lokale Gemeinschaft einbezogen haben und alle Besucher zur aktiven Teilnahme angeregt wurden. In guter Erinnerung habe ich auch die Verleihung des Europäischen Filmpreises, die am 10. Dezember 2016 im Nationalen Forum für Musik in Breslau stattfand.

EUROPÄISCHER FILMPREIS UND 007 AGENT PIERCE BROSNAN

Es ist toll, dass es gelang, diese Veranstaltung nach Breslau zu ziehen!

Bevor die offizielle Verleihung der Filmpreise begann, hielt ich eine kurze Ansprache auf Englisch, in der ich anhand von unserer tausendjährigen Geschichte und dem Heinrichauer Buch als Symbol der Multikulturalität über die Offenheit von Breslau sprach. Ich versicherte, dass wir eine Stadt sind, in der gegen die neue europäische Seuche, also gegen alle Nationalismen gekämpft wird. Zusammen mit zwei Personen, die die Filmgesellschaft repräsentierten, haben wir auf der Bühne eine große europäische Fahne entfaltet.

Den speziellen Filmpreis auf dem Festival bekam der berühmte Agent 007 – Pierce Brendan Brosnan. Mit ihm verbindet sich bestimmt auch eine Geschichte?

Wir saßen bei der Filmpreisverleihung nebeneinander. Nach der Veranstaltung gab es noch unten im Saal Gelegenheit für inoffizielle Gespräche beim Wein. Kurz nach Mitternacht machten sich Frau und Herr Brosnan auf den Weg zum Hotel. Ich habe sie bis zum Ausgang begleitet und als mir Frau Brosnan die Hand reichte, bückte ich mich, um die Hand zu küssen, so wie es in Polen üblich ist. Als ich das machte, wollte Herr Brosnan sehen, was ich mache und er beugte sich zu mir. Und in diesem Moment, als ich mich wieder erhob, prallte ich mit dem Kopf gegen sein Kinn. Also beinahe hätte ich den Agenten 007 erledigt. Aber zum Glück war er mir nicht böse!

Die Organisation der Europäischen Kulturhauptstadt können Sie zweifellos als Ihren größten Erfolg dazurechnen?

Das ESK war für mich das höchste Glück, das ich je organisieren und miterleben konnte.

Den Breslauern hat es auch sehr gefallen. Ganz viele Einwohner nahmen daran teil ...

Das steht, wie ich denke, auch mit meinem zweiten Erfolg im Zusammenhang: Es ist uns gelungen, eine positive gesellschaftliche Energie der Breslauer und ihr Engagement zu wecken. Und das in verschiedenen Bereichen. Sowohl auf der kulturellen als auch auf der geschäftlichen Ebene. Im Rahmen der Europäischen Kulturhauptstadt wurden zahlreiche Projekte durchgeführt, viele neue Gebäude sind entstanden. Als meinen dritten Erfolg würde ich die Senkung der Säuglingssterblichkeit nennen. Wie ich schon früher erwähnte, es gelang uns, die Zahlen drei Mal zu vermindern. Bei diesem Projekt kann man konkret symbolisch resümieren. Symbolisch meint, man konnte sich mit den Kleinsten befassen, und konkret: Die Säuglingssterblichkeit ist beträchtlich gesunken und das Prestige der Stadt wurde gerettet.

WELTHAUPTSTADT DES BUCHES

Im April 2016 hat Breslau seine einjährige Amtszeit als UNESCO-Welthauptstadt des Buches begonnen. In der Begründung der Entscheidung wurde unterstrichen, dass die Stadt innovative und völlig neue Ideen bezüglich der Popularisierung von Büchern und der Lesekultur entwickelte. Welches Projekt war für Sie besonders wichtig?

Der Ehrentitel Welthauptstadt des Buches wird alljährlich vergeben, aber die UNESCO sorgt immer dafür, dass ein Gleichgewicht erhalten bleibt. In dem einen Jahr bekommen den Titel die Städte, die entwickelt sind, in dem folgenden Jahr Städte in Entwicklungsländern. Aber stets werden die Titel nach einem starken Wettbewerb verliehen. Breslau hat viele Kandidaten übersprungen und ist 2016 Welthauptstadt des Buches geworden. Ein Jahr später hat Breslau den Titel an Conakry – die Hauptstadt Guineas – übergeben. Conakry ist eine große Stadt, auch Guinea ist ein großes Land, der Unterschied lag aber darin, dass man sich in Breslau darauf konzentrierte, dass immer mehr Einwohner Bücher lesen, in Guinea war die Sache anders. Dort beträgt der Analphabetismus immer noch 50 %. Also das Problem lag hier darin, dass die Menschen imstande sind, überhaupt Texte zu lesen. Deshalb wurde eine sehr schöne Idee, ehrlich gesagt meine Idee, umgesetzt. Die Stadt Breslau schenkte Conakry 100.000 ABC-Bücher zum Sprachenlernen. Weil ein Buch durchschnittlich fünf Jahre lang genutzt werden kann, bedeutet das, dass 500.000 Kinder die Gelegenheit bekamen, mit den Breslauer ABC-Büchern Lesen zu lernen.

In welcher Sprache wurde das ABC-Buch vorbereitet?

In Guinea gibt es viele Sprachen und Dialekte, aber die einzige, in der sich die Einwohner verständigen können ist Französisch. Deshalb ist das ABC-Buch auf Französisch veröffentlicht worden. Es wurde methodisch von Französisch-Lehrern aus Breslau vorbereitet. Das war das erste illustrierte ABC-Buch in der Geschichte Guineas! Nie zuvor hatten die Kinder dort ein illustriertes ABC-Buch! Also neben den Wörtern gab es entsprechende Bilder dazu. Zusätzlich wurde das Buch mit vielen Bildern von Breslauer Kindern, die an einem künstlerischen Wettbewerb teilgenommen hatten, versehen. Am Ende des ABC-Buches gab es polnische Gedichte, die ins Französische übersetzt wurden, u.a. ein Gedicht des Breslauer Dichters Tadeusz Różewicz.

Es ist wichtig zu erwähnen, dass eines der Gedichte von Tadeusz Różewicz: „Das Haar des Dichters" zur offiziellen Hymne der Welt-

hauptstadt des Buches wurde. Die Musik komponierte Jan Kanty Pawluśkiewicz und am Ende der Breslauer Amtszeit als Welthauptstadt des Buches wurde die Hymne in mehreren Städten vorgetragen. Die ABC-Bücher waren als Geschenk für die Kinder in Guinea gedacht?

Die Bücher wurden zunächst sorgfältig von den Breslauer Lehrern vorbereitet und dann gedruckt. Aber nicht mehr bei uns. Es ging darum, dass der Erlös nicht in Polen bleibt, sondern dass die gesammelte Summe – es war die öffentliche Geldbeschaffung der Breslauer – in dem konkreten Land bleibt. Deshalb wurden die Bücher in Guineas Nachbarland gedruckt. Ich halte diese Aktion für das beste und wichtigste Projekt, das Breslau damals durchführte.

Kometenhafter Aufstieg Breslaus

Bei der Realisierung dieses dritten Erfolges kam vielleicht noch ein vierter dazu: Steigerung der Leserschaft? Denn unter den Geschenken, die die neugeborenen Breslauer im Krankenhaus von der Stadt erhielten, war eine Bibliotheks-Karte. Eine wirklich tolle Idee.

Gesamtpolnisch gesehen, brachte die letzte Amtszeit gigantische Erfolge für uns. In zwei großen öffentlichen Umfragen aus dem Jahre 2017, die sowohl an die Bürger der Stadt als auch an die anderen Bürger von Polen gerichtet waren, siegte Breslau definitiv. Zuerst wurden die Einwohner von Breslau gefragt, wie sie über ihre Stadt denken. Die zweite Frage, die sich an die Polen richtete, war, welche Stadt in Polen sie für die Beste halten. Die Breslauer äußerten sich sehr positiv über ihre eigene Stadt und sie haben sie als eine der besten Städte eingestuft. Aber auch andere Polen haben Breslau als beste Stadt in puncto Lebensqualität gewählt.

Wenn es um die Städte in Polen geht, die sich der besten Reputation rühmen können, stand Breslau immer hinter Krakau. Im Jahre 2018 setzte sich Breslau als Sieger durch. Also die stärkste Marke in Polen ist Breslau. Ich weiß jetzt nicht, ob es immer noch so ist. Aber am Ende meiner Amtszeit war das Breslau. Was besonders interessant ist: Assoziationen mit Krakau waren die mit der Geschichte und Tradition verbundenen, die Assoziationen mit Breslau waren die mit der Zukunft und Europa. Es ist noch immer so: wenn die Polen Krakau sagen, denken sie an die ehemalige Hauptstadt Polens, an die Geschichte, Tradition, Johannes Paul II. Wenn sie Breslau sagen, denken sie an Europa, an die Zukunft. Also Breslau wurde zum Symbol der Modernität und der Entwicklung. Das sind diese drei ersten Elemente.

Wie sieht es aus, wenn es um das europäische Prestige geht?

So wie ich schon früher erwähnt habe, veröffentlichte das Eurostat, das Statistische Amt der Europäischen Union, im Jahre 2016 Ergebnisse eines Berichts. Aus diesem Bericht ging hervor, dass Niederschlesien den ersten Platz unter 276 europäischen Regionen einnimmt, wenn es um die Schaffung von Arbeitsplätzen geht. Mindestens 50 bis 60 Prozent der Arbeitsplätze wurden im Ballungsgebiet Breslau geschaffen. Also 2016 sind wir in diesem Bereich Europameister geworden. Im 2019 bekamen wir die Ergebnisse eines anderen Berichts, der die Entwicklungsdynamik, also nicht nur Arbeitsplätze und Bruttoinlandsprodukt in vielen europäischen Städten untersuchte. Hier war Breslau auf dem dritten Platz in Europa, nach Dublin und Prag.

Es ist schwer zu glauben, dass wir besser als die Hauptstadt Warschau waren? Warschau wird immer mit Entwicklung assoziiert?

Hier sprechen wir konkret über Dynamik, nicht über die Größe der Städte. Das Ergebnis dieses Berichts war ein großes Kompliment für uns. Unter den zwanzig sich am schnellsten entwickelnden Städten Europas fanden sich fünf Städte aus Polen. Aber die Nummer 1 unter ihnen war Breslau. Es kann Verwunderung wecken, wenn es um solche Ranglisten geht, stehen die Hauptstädte immer höher. Sie haben mehr Möglichkeiten, mehr Ressourcen, mehr zentrale Institutionen und verfügen über größere Budgets. In diesem Bericht standen auch zwei Hauptstädte an der Spitze: die von Irland und die von Tschechien. Auf dem dritten Platz war auch eine Hauptstadt, aber diesmal die Kulturhauptstadt – Kulturhauptstadt Europas 2016.

Über 200.000 Ausländer aus 124 Ländern

Passierte in der letzten Zeit noch etwas, worauf Sie besonders stolz sind?

Ich träumte immer davon, dass Breslau zu einer internationalen Stadt wird. Am Ende meiner Amtszeit hat sich das – völlig überraschend auch für mich – erfüllt. Im Jahre 2018 lebten im Ballungsgebiet Breslau über 200.000 Ausländer aus genau 124 Ländern der Welt. Mehr als die Hälfte davon waren und sind bis heute die Ukrainer. Aber die andere Hälfte, also ca. 100.000 kommt aus allen möglichen Ländern der Welt. Damit könnte ich meine Rangliste der wichtigsten Erfolge beenden.

Was mir persönlich besonders gefiel und was man bei uns nach dem deutschen Muster eingeführt hat, waren die Willkommens-Klassen für die ukrainischen Kinder. Denn früher wurden die Kinder sofort den polnischen Klassen zugewiesen und hatten oft Lernprobleme, weil sie die Fülle des Lernmaterials wegen der Sprachbarriere nicht beherrschen konnten. Jetzt wurden an einigen Schulen diese Klassen eingeführt, in denen man vor allem Polnisch und einige ausgewählte Fächer lernt. Erst nach einiger Zeit werden die Kinder den üblichen Klassen zugewiesen.

Ich hatte vor, eine ukrainische Schule in Breslau zu eröffnen, aber die Ukrainer wollten keine. Sie wollten, dass sich ihre Kinder mit den polnischen Mitschülern integrieren und in den polnischen Schulen lernen. Das ist eine typische Erscheinung: Immer wieder, wenn irgendwo eine junge Migration erscheint, will sie nicht isoliert werden. Sie behauptet, übrigens mit Recht, sie würde größere gesellschaftliche und Berufschancen haben, wenn sie sich integriert. Der ganze Prozess, aus Breslau eine internationale Stadt zu machen, war schwierig. Das war niemandes Schuld. Wir waren damals einfach auf so einem Zivilisationsniveau. Im Jahre 2002, als meine Amtszeit begann, hatten wir überhaupt keine internationale Schule, nur wenige konnten irgendwelche Fremdsprachen sprechen, wir hatten einen kleinen veralteten Flughafen. Das alles musste der Reihe nach abgearbeitet werden, damit Erfolge sichtbar werden konnten. Dabei half uns eine der größten Niederlagen, die wir erlebten, nämlich die Bemühungen um die Organisation der EXPO-Ausstellung.

EXPO-BEWERBUNG: GESCHEITERT UND DOCH GEWONNEN

Waren das die ersten Bemühungen oder hat man früher schon versucht, etwas Größeres in der Stadt zu organisieren?

Die Ersten. Mit diesem Gedanken, bei uns die EXPO zu organisieren, startete schon mein Vorgänger Bogdan Zdrojewski. Damals bildeten große Veranstaltungen einen Motor für die Entwicklung der Städte. Zu diesen besonders wichtigen Veranstaltungen kann man Olympiaden, Fußball-, Welt- und Europameisterschaften, The World Games rechnen. Sehr starken Einfluss haben auch die EXPO-Ausstellungen. Sie werden in zwei Formen organisiert: groß und mittelgroß – es gibt hier einen Zyklus. Um die Organisation einer Olympiade bemühen sich Städte, die vom eigenen Staat unterstützt werden. Um die Organisation einer EXPO bemühen sich Staaten, die auf eine konkrete Stadt hinweisen, wo das stattfinden könnte. Also formell gesehen war nicht Breslau der Antragsteller, sondern der polnische Staat. Man denkt oft, es sei umgekehrt. Diese Bemühungen, die Bogdan Zdrojewski einleitete, hatten sich auf seinen Nachfolger – Oberbürgermeister Stanisław Huskowski und mich verschoben. Das Finale der Bemühungen wurde im Dezember 2002 bekannt gemacht. Damals haben wir verloren, aber ich meldete noch einmal unsere Bereitschaft. Wir haben wieder verloren, aber man sah schon einen Unterschied: Beim ersten Mal bekamen wir fast überhaupt keine Stimmen, beim zweiten Mal waren das schon 27 Stimmen. Man sah bei allen diesen Bemühungen – das dritte Mal meldete sich Lodz – wie allmählich das Prestige von Polen wächst: dreimal verloren, aber mit immer besseren Ergebnissen. Dank dieser Bemühungen wurde Breslau immer sichtbarer. Es begann, sich international etwas zu tun. Das dritte Fazit: Ich und meine Leute lernten, wie man das Ganze anstellt, wie man Anträge bearbeitet, wie man Lobby-Tätigkeiten vorbereitet. Wenn man Skifahren lernen möchte, soll man nicht nur Bücher lesen, wie man es macht, sondern persönlich auf der Skipiste erscheinen, probieren und auch einige Male umfallen, bis man das Gleichgewicht hält. Genauso war es hier der Fall. Wir haben das zweite Mal verloren, aber diesmal waren wir dem Ziel schon sehr nah. Leider war Korea besser. Manchmal hängt das Bewerbungsverfahren von vielen Faktoren ab.

Bestimmt muss man Geld und „Vitamin-B", also „Beziehungen" haben?

Geld ist natürlich wichtig. Vor allem aber muss der Staat die konkrete Stadt in ihren Bemühungen stark unterstützen.

Eine völlige Niederlage war es nicht. Dadurch, dass die EXPO nicht organisiert wurde, blieb der Stadt ein großes Gelände zur Verfügung ...

Die Niederlage brachte der Stadt auch einige Vorteile. Wie ich schon erwähnt habe, besaß die Stadt ein großes Gelände, auf dem ein innovatives Wohnprojekt Gestalt annehmen konnte – das Projekt Nowe Żerniki oder WuWA 2, wie man es manchmal bezeichnet. Die EXPO-Bemühungen halfen uns auch dabei, wie man sich um die Organisation großer Veranstaltungen bewirbt. Hätten wir es nicht mit der EXPO versucht, hätten wir die Europäische Kulturhauptstadt nicht geschafft.

Also eine Niederlage, die sich als sehr praktisch herausstellte. Gab es noch andere Niederlagen?

Ich hatte auch ein Projekt vor, das ich leider nicht umsetzen konnte: Ich wünschte mir nämlich die Verbindung von allen Breslauer Hochschulen und Universitäten. Ich wollte, dass in Breslau drei starke Universitäten entstehen: eine künstlerische rund um die Kunstakademie, eine technische rund um die Technische Universität Wrocław und eine Natur- und Geisteswissenschaftliche rund um die Universität Wrocław. Dieses Projekt ist bisher gescheitert.

Zweimal Breslau gegen Budapest

Gab es noch etwas, was nicht gelungen ist und was Sie bedauern?

Als José Manuel Barroso ankündigte, dass irgendwo in Europa etwas Ähnliches zum MIT, (Massachusetts Institute of Technology), also in unserem Fall EIT – European Institute of Innovation & Technology entstehen soll, meldete ich sofort die Bereitschaft von Breslau an. Dann begannen wir daran zu arbeiten – und so entstand der Begriff der wissensbasierenden Wirtschaft, Innovation und so weiter. Es war ein europäischer Wettbewerb, bei dem entschieden werden sollte, in welcher Stadt der Hauptsitz des EIT landet. Wir überboten viele Städte, kamen bis ins Finale. Am Ende waren es noch Breslau und Budapest. In der Endabstimmung aller EU-Länder siegte Budapest. Aber zwei Jahre später gab es die Revanche: In den Bemühungen, The World Games zu organisieren, trafen wir uns wieder mit Budapest im Finale und diesmal gewann Breslau.

Warum waren The World Games so wichtig für die Stadt?

The World Games entsprechen den Olympischen Spielen. Hier werden aber alle nichtolympischen Sportarten präsentiert, wie Fallschirmspringen, Kegeln, Tanzen. Einige Sportarten sind sehr beliebt und populär, wie z.B. Karate. Jetzt hat sich das verändert, aber früher war Karate nur bei den World Games. Es gibt auch einen Vertrag zwischen den Olympischen Spielen und The World Games, dass die Besten aus den World Games auf die Olympiade aufsteigen und umgekehrt – man kann das als Extra-Liga und I. Liga bezeichnen. Das ist die zweitgrößte Sport-Veranstaltung der Welt, die zehn Tage dauert. In Breslau wurden The World Games vom 20. bis zum 30. Juli 2017 organisiert. Die Eröffnung fand im neuen Stadion statt. Alles sah wunderschön aus. Der Chef des Olympischen Komitees, Thomas Bach, war dabei. Dadurch zeigte er, wie wichtig für die Olympischen Spiele diese World Games sind. Anwesend war selbstverständlich der Chef des Internationalen Verbandes für Weltspiele (IWGA: International World Games Association), José Perurena. Gemeinsam eröffneten wir die Spiele.

Ich kann mich erinnern, die Eröffnung bildete eine große bunte Show. Vielleicht auch dadurch, dass jeder Zuschauer eine Zwergenmütze bekam, um der Eröffnung einen Breslauer Charakter zu geben.

Besonders eindrucksvoll war die Parade aller Sportler, die aus 112 Ländern zu uns kamen. Mehr als 3500 Sportler, die später an den Wettkämpfen teilnahmen, präsentierten sich im städtischen Stadion. Das war zweifellos das größte sportliche Ereignis in der Geschichte Polens überhaupt. Nie zuvor wurde hier etwas Größeres im Sport organisiert. In der ganzen Welt sahen die Sendung über 450 Millionen Zuschauer. Lange habe ich gebraucht, um eine sinnvolle Rede vorzubereiten. Letztendlich habe ich kurz geredet. Aber nachgedacht habe ich lange.

Sie sind, Herr Oberbürgermeister, dafür bekannt, dass Sie immer ganz kurz reden. Kurz und bündig. Ich habe nie eine längere Rede von Ihnen gehört.

Das stimmt. Bei der Eröffnung sprach ich auch nur kurz und beendete meine Rede mit den Worten: „Es leben Freiheit und Demokratie!" Ich kann mich gut erinnern, dass die Menschen im Stadion jubelten.

Wenn man also die Niederlagen zusammenfasst, waren das die Expo-Bemühungen und Bemühungen um EIT. Beide Niederlagen haben mich viel gelehrt und halfen Breslau in einigen Sachen. An andere Niederlagen kann ich mich nicht erinnern, was nicht heißt, dass es solche nicht gab.

Wenn Sie aus der heutigen Perspektive auf diese 16 Jahre Amtszeit schauen, was würden Sie heute anders machen? Gab es etwas, was Sie realisieren wollten, dazu aber nicht gekommen sind?

Einige Personalentscheidungen würde ich anders treffen, aber das wird den deutschen Leser wenig interessieren. Das Steuern der Stadt ist ein langer Prozess. Wenn man mit etwas im Januar anfängt, sieht man Erfolge viel später, oft erst nach einigen Jahren. Gleichzeitig wächst die Dauer des Vorgangs, weil wir immer bewusster werden und auf viele Entscheidungen Einfluss haben wollen. Sozialer Dialog ist manchmal irritierend, aber notwendig. Es stört manchmal bei verschiedenen Investitionen, aber so muss jetzt die Zivilgesellschaft funktionieren. Die soziale Debatte ist heutzutage sehr wichtig. Ich würde hier alles wieder so machen, wie ich es machte. Vielleicht würde ich mehr für einige Sachen werben. Hier denke ich an die Projekte für die Sauberkeit der Luft und des Wassers und Aktivitäten, die den Klimawandel betreffen. Bei uns waren die Smog-Themen damals keine Top-Themen im Vergleich zu den anderen europäischen Ländern. Sie explodierten bei uns erst in den Jahren 2017 und 2018. Wir befassten uns mit Smog schon früher, aber man hat zu wenig darüber gesprochen. Wir konzentrierten uns auf die Abschaffung der Kohleöfen, aber es war kein spezielles Thema. Wir haben das als einen normalen Zivilisationsprozess angesehen. Also die Aktivitäten, die mit ökologischen Themen verbunden waren, hätten vielleicht nicht dynamischer, wohl aber früher und lauter akzentuiert werden sollen. Heutzutage ist das Thema „Smog" sehr aktuell in Polen.

Erfolge bei der Wasserversorgung

Während Ihrer Amtszeit stand aber das Thema „Wasser" im Vordergrund?

Am Anfang, als ich meine Amtszeit begann, wurde nur die Hälfte aller Breslauer Abwässer gereinigt. Also nur die Hälfte aller Verunreinigungen ging in die Kläranlagen, der Rest wurde auf Rieselfeldern entsorgt. In dieser Hinsicht waren wir weit hinter den meisten europäischen Ländern. Jetzt haben wir ein System, das 100 % aller Abwässer reinigt. Wenn es um Kanalisierung der Stadt geht, waren wir im Jahre 2002 auf dem vorletzten Platz in der niederschlesischen Woiwodschaft. Jetzt besitzt Breslau eine der höchsten Kanalisierungsstufen in Polen, aber auch in Europa – besser als Amsterdam und Paris. Fast alles bei uns wurde an das Entwässerungssystem angeschlossen. Also die Wasser- und Kanalisierungssachen standen zunächst im Vordergrund.

Das Jahrhundert- oder Jahrtausend-Hochwasser aus dem Jahr 1997 bewies, wie dringend die Sache ist.

Nach dem Hochwasser wurde ein staatliches Projekt „Oder 2006" entworfen. Der Name knüpfte an die Tatsache an, dass der Umbau des Breslauer Wasserweges 2006 beendet sein sollte. Aber eigentlich hat er damals erst angefangen. Also wie man sieht, ist es manchmal sehr schwierig, die Prozesse in Gang zu setzen. Die deutschsprachigen- und skandinavischen Länder sind anders organisiert, mehr institutionsbedingt. Wir sind mehr südlich. Bei uns lassen sich die

Projekte ändern, verschieben usw. Deshalb braucht Polen unbedingt eine „Deadline" oder wichtige Ereignisse, die das Ziel der Projekte bestimmen, wie z.B. Ankunft des Papstes im Jahre 1997, Fußball-Europameisterschaft 2012, Kulturhauptstadt 2016, The World Games 2017 usw. Alle diese Ereignisse und Projekte mobilisieren und disziplinieren uns hervorragend. Wenn es die nicht gegeben hätte, wären viele Sachen auf den Sankt Nimmerleinstag verschoben worden.

Die neue Autobahnbrücke über die Oder (Rędziński-Brücke) ist ein Meisterstück der Ingenieurkunst (Foto: Kinga Kornacka)

Das stimmt, aber es gibt auch Ausnahmen. Die größte und schönste Brücke Breslaus – Most Rędziński – wurde zum Beispiel einen Monat vor dem Termin übergeben. Die Brücke ist ein Meisterstück der Ingenieurkunst!

Ohne Zweifel, aber es war klar, das muss zu diesem Zeitpunkt erledigt werden. Wenn man das Thema der positiven Veränderungen der Stadt berührt, sollte man noch kurz einige Mechanismen erklären, die mit dem Wohlstand der Stadt im Zusammenhang stehen. Es gab, so wie bei den anderen Städten in Polen, in jüngerer Zeit zwei wichtige Zäsuren: die politische Wende und den EU-Beitritt. In den 1990er Jahren lernten erst viele, was man unter Stadtmanagement versteht. Gleichzeitig waren die Städte aber sehr arm. Im Jahre 2002 wurden die ersten direkten Wahlen durchgeführt, wo man den Oberbürgermeister direkt wählte. Die Stärke der Exekutive ist gewachsen. Dann kam der segensreiche EU-Beitritt und zusammen mit ihm die EU-Mittel und zugleich auch unsere Entwicklung und unsere eigenen Finanzmittel. Einige Infrastrukturinvestitionen, vor allem diese großen, wurden erst im 21. Jahrhundert möglich. Vielleicht konnte man sie früher schon planen, aber nicht alles ließ sich gleich realisieren. Immer noch ist „die Bettdecke zu kurz", denn der Appetit wächst beim Essen. Die Entwicklung in den Städten läuft aber manchmal so ab, dass paradoxerweise die Revitalisierungsprozesse und die Infrastrukturveränderungen nicht bei allen Begeisterung und Zufriedenheit wecken. Sie sind mit einigen Problemen verbunden, wenn z.B. zehn Bürgerhäuser in der X-Straße saniert werden, dann melden sich die unzufriedenen Bürger aus der nächstgelegenen Y-Straße, wo noch nichts geschah, mit der Frage, warum man zuerst mit der X-Straße begann. Sie verlangen, dass so schnell wie möglich die Mietshäuser in ihrer Straße saniert werden.

Oder es gibt Fälle, wo Bürger mit der Sanierung nicht so ganz glücklich sind, weil sie das Gebiet auch für Touristen attraktiver macht. Die Bürger haben keine Ruhe mehr. So ist es bei dem WuWA-Gelände der Fall. Eine Frau wollte nicht, dass man den Gehweg vor ihrem Haus erneuerte und sie behauptete, sie verliere ihre private Zone.

Das ist der zweite Aspekt. Je schöner und zugänglicher die Gebiete werden, desto attraktiver sind sie auch für Touristen und andere Breslauer. Also zuerst empfanden die Einwohner das als nett, dann kippte die Stimmung, es störte sie im Alltagsleben.

Gescheiterte U-Bahn-Idee

Manchmal sind die Einwohner skeptisch und brauchen Zeit, um sich für eine Idee überzeugen zu lassen.

Ein gutes Beispiel dazu bildet ein Projekt, mit dem ich am Ende meiner Amtszeit begann: die Planung von besseren Verkehrsmöglichkei-

148

ten in Breslau und dem Ballungsgebiet der Stadt. Unser Verkehrssystem wurde durch die intensive wirtschaftliche Entwicklung der Stadt und des sie umgebenden Ballungsgebietes strapaziert. Die Menschen müssen die Möglichkeit haben, sich schnell zu bewegen. Deshalb muss unser Nahverkehr, der vor allem auf Bussen und Straßenbahnen basiert, entweder mit einer U- oder S-Bahn ergänzt werden. Wir haben Möglichkeiten, beides zu machen. Wenn es um die U-Bahn geht, kann man dieses Thema den „Niederlagen" zuordnen. Nach den gewonnenen Wahlen im Jahre 2014 begann ich eine öffentliche Diskussion darüber, ob in der Zukunft in Breslau eine U-Bahn gebaut werden soll. Vielleicht war ich wenig überzeugend, denn ich ging davon aus, dass alle wissen, wie das aussehen kann. Die U-Bahn fährt in den meisten Städten nur teilweise unter der Erde. An vielen Orten verkehrt sie oberirdisch, nur im Zentrum ist sie tief unter der Erde versteckt. Mein Gedanke war dieser: ich wollte nicht sofort mit dem Bau der U-Bahn anfangen, aber ich dachte mir, wenn Warschau schon eine U-Bahn hat, die aus den europäischen, staatlichen und städtischen Mitteln gebaut wurde, kommt ein Moment, ich weiß nicht wann, vielleicht in 10 Jahren, dass noch eine Stadt die Chance bekommt, diese zu bauen. In die Schlange werden sich bestimmt einige Städte einreihen, wie Krakau oder Posen. Die Chance bekommt dann die Stadt, die sich am besten vorbereitet hat. Die Stadt, die ein Liniennetz geplant hat, die weiß, wo ober- und wo unterirdische Trassen verlaufen könnten und die die Nutzerfrequenzen gemessen hat. Ich wollte mit solchen Überlegungen beginnen, nicht mit dem Bau, sondern mit der Vorbereitung für einen möglichen Bau. Es sollte zwei bis drei Millionen Złoty jährlich kosten. Nach fünf Jahren sollte die ganze Dokumentation fertiggestellt werden, um für die Zukunft schnell griffbereit zu sein. Das Vorhaben wurde von einer scharfen Diskussion begleitet. Die städtischen Aktivisten waren dagegen. Wir organisierten ein Referendum mit der Frage, ob die Bürger einverstanden wären, dass die Vorbereitungen für den Bau der U-Bahn beginnen. Doch die Breslauer waren leider dagegen. Die Beteiligung war auch sehr gering. Meiner Meinung nach befürchteten die Breslauer, dass durch eine künftige U-Bahn die Straßenbahnen abgeschafft werden, was natürlich nicht stimmte. Der zweite Aspekt: Für die meisten Polen bilden die Straßenbahnen die erste Assoziation mit einer Großstadt. Wenn man eine große Stadt vor Augen hat, sieht man sehr oft die Straßenbahnen.

FEHLENDES KONGRESSZENTRUM

Was aber ist mit den jungen Menschen? In Breslau leben doch viele junge Menschen, die oft im Ausland waren und bestimmt die U-Bahn nutzten. Unsere Generation oder die Generation unserer Eltern, die selten im Ausland war, die kann skeptisch sein, aber die Jungen?

Vielleicht beteiligten sie sich eben nicht am Referendum. Schade, das wäre etwas, was die Stadt in der Zukunft gebraucht hätte! Es gibt noch etwas, was ich nicht realisierte, was aber notwendig für Breslau wäre: der Bau eines modernen Kongresszentrums. Jetzt wird es ein großes Problem sein, sich wieder mit dem Thema zu befassen, die Corona-Pandemie hat alles auf den Kopf gestellt. Wir haben ein schönes Stadion, das rund 40.000 Zuschauer aufnehmen kann. Im Stadion und in den Räumen, die dort zur Verfügung stehen, werden jährlich zahlreiche, nicht nur sportliche Veranstaltungen organisiert. Wir haben auch die Jahrhunderthalle, die etwa siebentausend Zuschauer aufnehmen kann. Aber aus der Perspektive des Weltstandards ist das Objekt schon zu klein. Wenn die Pandemie vorbeigeht und wenn wir Europa- oder Weltmeisterschaften in Volleyball, Basketball oder Handball organisieren wollen, wenn wir ein Konzert von einem anderen Star haben wollen, muss man ein Objekt haben, das imstande ist, mindestens 10.000 Plätze zu umfassen.

Schade, dass man beim Bau des Stadions kein Dach eingeplant hat, so wie beim Nationalstadion in Warschau. Man könnte dort große Veranstaltungen und Konzerte organisieren, ohne auf das Wetter und die Jahreszeit achten zu müssen.

Nicht jeder weiß, dass man durch die Organisation von großen Veranstaltungen nicht nur bekannt wird, sondern dass man gutes Geld verdienen kann. In großen Objekten kann man verschiedene Kongresse, Symposien und Konferenzen durchführen. Breslau hat kein großes Kongresszentrum, obwohl es beim Stadion Platz dafür gibt. Dort ist alles sehr gut vorbereitet, wenn es um die Infrastruktur geht. Die Zufahrtmöglichkeiten sind sehr gut. Die Umgehungsautobahn wurde gebaut, es gibt Straßenbahnlinien von beiden Seiten und die Bahnverbindung von einer Seite, sehr günstige Knotenpunkte, es ist sehr nah zum Flughafen, ein großer Parkplatz ist vorhanden. Dort ein Kongresszentrum mit einer Bühne und einem Zuschauerraum und ein gutes Hotel dazu – es wäre ein Zukunftsgeschäft. Leider fehlte uns das Geld, sich mit diesem Projekt zu beschäftigen. Weil wir es nicht machten, wird sich Breslau bald in einer unkomfortablen Situation befinden. Die Städte Soppot und Danzig, Lodz und Krakau haben schon solche Zentren gebaut. Kattowitz besitzt ein völlig renoviertes Objekt „Spodek". Auch Gleiwitz hat ein großes Objekt. Warschau wird bald dazustoßen. Bald also wird Breslau aus dem Markt der internationalen Events herausfallen. Dieser Markt, also die Organisation von Kongressen und Symposien und anderen großen Veranstaltungen ist der Mühe wert. Diese Events bilden einen erheblichen Teil der städtischen Einnahmen. Als gutes Beispiel können die Bridge-Weltmeisterschaften dienen, die wir 2016 hatten. Man könnte sagen das sei eine Nischenveranstaltung. Aber sie spricht ausgesprochene Typus von Kulturtouristen an: sehr intelligent, wohlhabend, er mag gut essen und trinken und kommt gerne wieder oder regt andere an, in diese Stadt zu kommen. Also die Bridge-Spieler bilden eine Gruppe von Touristen, die von den Hotels, den Restaurants und den Städten sehr umworben werden. Natürlich ist der Tourismus nicht am wichtigsten für die Stadt – alles muss im Gleichgewicht gehalten werden – aber wenn man zur Wirtschaft diese 10 bis 15 Prozent Tourismus hinzufügt, ist das nicht wenig! Mal sehen, wie sich das weiter entwickeln wird.

Ihr Nachfolger hat aber andere Themen in den Vordergrund gestellt. Er konzentrierte sich vor allem auf die kleineren, städtischen Investitionen, die das lokale Leben der Bürger verbessern sollen: Grünanlagen, Sportplätze, weitere Fahrradwege. Das ist auch wichtig.

Aber klar. Wenn man über mich spricht, spricht man vor allem nur von den großen Veranstaltungen. Man vergisst dabei, dass ich über hundert Sportplätze und genauso viele Spielplätze eröffnete. Mal sehen, wie es meinem Nachfolger gelingt. Von meinem Nachfolger wird gesagt, dass er sehr offen auf die Einwohner zugeht. Er ist auch sehr in den sozialen Medien aktiv. Das freut mich. Es ist noch zu früh, seine Amtszeit zu beurteilen. Das waren auch schwierige Zeiten: Zuerst gab es die Regionalwahlen, dann Parlamentswahlen und Präsidentschaftswahlen. Also die ganze Aufmerksamkeit der Gesellschaft konzentrierte sich auf die großen politischen Ereignisse, die mit starken Emotionen verbunden waren. Inzwischen hat Breslau einen großen Erfolg gehabt: Olga Tokarczuk bekam den Nobelpreis für Literatur! Das ist vor allem der Erfolg von Olga Tokarczuk, nicht der Stadt selbst, aber es ist schön, dass Olga Tokarczuk in Breslau lebt. Diese Ereignisse waren lange im Zentrum der Aufmerksamkeit. Danach kam die Zeit, die mit der durch die Corona-Pandemie hervorgerufenen Krise verbunden ist. Man konzentrierte sich seitdem nicht auf die Entwicklung sondern auf das Überleben. Deshalb wird es jetzt schwierig, sich objektiv über die Tätigkeit meines Nachfolgers zu äußern. Es wird bestimmt in ein oder zwei Jahren möglich sein. Ich hoffe, dass es ihm gut geht.

„Meine Partei ist meine Stadt"

Soll sich ein Oberbürgermeister politisch engagieren und sich zu den aktuellen gesamtpolnischen Angelegenheiten äußern oder sollte er sich zurückhalten?

Ich war nie Mitglied einer Partei. Ziemlich lange, bis heute, habe ich meine Parteiunabhängigkeit bewahrt. In Polen wird vorausgesetzt, dass man sich der konkreten Stadt widmet. Also man tritt unter dem Motto „meine Partei ist meine Stadt" auf. Ich habe es auch persönlich so praktiziert. Andererseits aber, in einem so polarisierten Polen, in dem es eine Teilung in zwei Lager gibt, werden die großen Städte zu liberalen Festungen. Weil die meisten Politiker immer nach der Mehrheit suchen, werden die Oberbürgermeister automatisch auf der liberalen Seite sein. Die PiS-Partei wird aus den großen Städten verdrängt. Dieser Prozess muss aber nicht zwangsläufig so weiter gehen. Denn alle sich bei uns langsamer vollziehenden zivilisatorischen Entwicklungen führen dazu, dass im Vergleich zu anderen hochentwickelten Ländern, hierzulande die Mehrheit der Wähler in kleineren Städten oder auf dem Lande wohnt. In den großen Städten lebt weniger als die Hälfte der Gesellschaft. Daher ist PiS imstande, immer noch an der Macht zu bleiben und die Wahlen zu gewinnen. Ich war immer liberal, aber mit meinen Worten achtete ich darauf, was gesagt wird, denn ich war der Oberbürgermeister aller Breslauer. Hier leben vor allem die Wähler von Rafał Trzaskowski, dem liberalen Kandidaten bei den polnischen Präsidentschaftswahlen 2020, aber auch eine Gruppe, die ihre Stimmen für den national-konservativen Staatspräsidenten Andrzej Duda abgegeben hat. Die bilden eine Minderheit, aber man soll auf sie auch achten.

Wie sehen Sie die Aktivität des Oberbürgermeisters in den sozialen Medien?

Ich gab stets acht, die familiäre Zone von der öffentlichen zu trennen. Das Zuhause ist Zuhause und Arbeit ist Arbeit. Selbstverständlich hat meine Frau am öffentlichen Leben teilgenommen. Aber die sozialen Medien verwischen die Grenzen zwischen diesen Zonen. Heutzutage vermischen sich die zwei Welten sehr. Ich kann mich damit nicht so gut abfinden. Ich bin immer der Meinung, dass man eine Privatsphäre für Familie und Freunde erhalten und respektieren soll.

DER KATER POPIS UND WIE SCHNELL SICH DIE ZEITEN ÄNDERN

Aber heutzutage möchten die Menschen immer mehr von den anderen wissen, auch wenn es um das private Leben geht. Vor kurzem hörte ich z.B. zwei Frauen diskutieren, dass der Kater Wrocek, der auf dem Bahnhof gefunden worden sein soll und später vom derzeitigen Oberbürgermeister adoptiert wurde, einfach gekauft wurde, um das Image des neuen Oberbürgermeisters aufzupeppen. Aber Ihre Katze wurde wirklich zufällig gefunden?

Die Geschichte mit WROCEK scheint mir doch sympathisch zu sein. Was den Kater POPIS anbelangt: Im Oktober 2002, kurz vor den damaligen Wahlen, holte ich einen polnischen Helden, einen legendären Kurier aus Warschau – Jan Nowak Jeziorański – vom Flughafen ab. Als wir das Terminal verließen und zum Parkplatz gingen, sahen wir einen kleinen Kater auf der Mauer sitzen. Jan Nowak Jeziorański bestand darauf, dass wir ihn mitnehmen und adoptieren sollten. So nahmen wir den Kater mit und fuhren in die Stadt. Beim Abendessen haben wir überlegt, wie wir ihn nennen sollen. Da es damals noch eine PO-PIS-Koalition gab – diese Koalition bereitete sich auf die Wahlen vor – wurde der Kater zu ihren Ehren POPIS genannt. Leider muss ich gestehen, dass wahrscheinlich meine Frau für den Zusammenbruch dieser Koalition verantwortlich ist, denn der Kater wurde kastriert.

Lebt POPIS noch?

Leider nicht mehr. Die damalige Koalition auch nicht und in den heutigen Zeiten kann man sich überhaupt nicht vorstellen, dass es solche Zeiten gab! Der Kater faszinierte meinen Büroleiter für Werbung und Tourismus. Er wollte ihn zu Werbezwecken einsetzen. Auch Jan Nowak Jeziorański sagte damals: „Wenn das in Amerika passiert wäre, würden es die Journalisten verdrehen, wenn es um den Kater geht". Damals war das kein großes Hallo für die Journalisten.

Es war selbstverständlich sympathisch, ich zeigte den Kater beim 90. Geburtstag von Jan Nowak-Jeziorański und erklärte, das ist der Kater, den wir damals zusammen fanden. Zum Glück war damals noch Jan Nowak Jeziorański wichtiger als der mit ihm verbundene Kater. Heute wäre leider der Kater für die Journalisten im Vordergrund. Es hat sich vieles über die Jahre verändert ...

ZBIGNIEW BRZEZIŃSKI – HONDA MIT POLNISCHEM ADLER

Leider ist das Niveau dieses Berufes sehr gesunken. Früher musste alles solide recherchiert werden. Alle Informationen, die man angab, waren sehr glaubwürdig. Heutzutage schreibt man oft, was man will, ohne genau nachzuprüfen und ohne Quellen anzugeben. Es ist manchmal peinlich, was man da liest.

Das stimmt, hier kann ich als Bestätigung eine Geschichte über den bereits verstorbenen Zbigniew Kazimierz Brzeziński, einen hervorragenden polnisch-amerikanischen Politologen und Berater des US-Präsidenten Jimmy Carter erzählen. Er war einige Male in Breslau, war einverstanden, den Jan-Nowak-Jeziorański-Preis entgegenzunehmen, obwohl er damals schon keine Auszeichnungen mehr annehmen wollte. Er machte eine Ausnahme für Breslau und nahm den Preis an. Ich kann mich erinnern, dass er mir vor vielen Jahren ein Kompliment machte. Nachdem wir zu Abend gegessen hatten und über den Ring gingen, sahen wir drei junge Männer auf einer Bank beim Brunnen liegen. Ich fragte: Was macht ihr Jungs? Wir liegen einfach so – antworteten sie. Bitte also aufstehen und den berühmten Professor Brzeziński begrüßen. Sie sprangen sofort auf die Beine und machten eine Verbeugung von dem Professor. Alles war sehr sympathisch und authentisch. So erwiderte der Professor mit diesen Worten auf mich zeigend: „Das ist Rafał Dutkiewicz, der zukünftige Präsident von Polen". Und die Jungs verneigten sich erneut.

Heutzutage wäre man nicht so ganz sicher, ob sich die Jungs so verhalten würden ...

Einige Jahre nach dem Tod von Zbigniew Brzeziński beschloss ich, ihm eine Straße in Breslau zu widmen, eben weil er Breslau mochte und sehr oft hier war. Sie ist in der Nähe des Flughafens. Als wir seine Kinder darüber informierten, versammelten sie sich bei der Mutter zum gemeinsamen Mittagessen. Sie wollten unbedingt etwas als Gegenleistung für Breslau machen. Sie entschieden sich, das letzte Auto von Zbigniew Brzeziński zu verschenken. Dieser Honda ist jetzt bei uns und steht im Zentrum für Geschichte. Es ist für uns nicht nur wichtig, weil das ein Auto von Zbigniew Brzeziński war, sondern weil er damit durch Washington fuhr und statt dem Markenzeichen Honda einen polnischen Adler hatte. Das ist eine schöne Geschichte, die aber nichts von einer Sensation hat. Sie wäre nicht von den Boulevard-Zeitungen aufgegriffen worden. Zbigniew Brzeziński ist eine Gestalt, auf die ich stolz bin, weil sie mit Breslau verbunden war. Mit ihm verbindet sich noch eine andere Geschichte. Vor vielen Jahren kam der damalige Bürgermeister von Lemberg, Lubomyr Buniak, nach Breslau. In derselben Zeit hielt sich auch Brzeziński bei uns auf. Brzeziński wollte sich mit Buniak treffen und so begaben wir uns zum Frühstück ins Art Hotel. Es war ein hochinteressantes Gespräch. Buniak begann zu erzählen, wie es war, als die Sowjetunion fiel und als die Ukraine die Unabhängigkeit wiedergewann. Er erzählte, was dort passierte, welche Ängste sie hatten, wo sich welche Armeen bewegten, auf der russischen und ukrainischen Seite. Brzeziński hörte eine Weile zu und sagte plötzlich: „Herr Bürgermeister, wir beobachteten das ganz genau. Es war ein bisschen anders". Er berichtete mit allen Details, was wirklich passierte. Man merkte ganz genau, wie die Amerikaner alle russischen Schritte verfolgten. Ich kann mich noch gut an die verwunderten großen Augen von Buniak erinnern, dem der amerikanische Sicherheitsberater erklärte, was in der Ukraine passierte.

Zum Fall der Sowjetunion haben Sie auch eine Anekdote?

Ja, mit dieser Geschichte ist Professor Stanislau Schuschkewitsch verbunden, der russische und weißrussische Wissenschaftler und Politiker, der als Erster seine Unterschrift auf das Dokument der Auflösung der Sowjetunion setzte. Der Präsident der Ukraine, der Präsident von Russland, Jelzin, und der Vertreter des weißrussischen Nationalrates Schuschkewitsch, was der Funktion des Präsidenten entsprach, trafen sich auf dem Gebiet des Nationalparks Belaweschskaja Puschtscha, um offiziell die Sowjetunion aufzulösen. Sie setzten Unterschriften darunter und entschieden sich, die zwei wichtigsten Weltregierenden zu benachrichtigen: den amerikanischen Präsidenten George Bush Senior und den sowjetischen Präsidenten Michail Gorbatschow. Den Gorbatschow rief Boris Jelzin an, den Bush rief Schuschkewitsch an. Sie verabredeten sich so, dass man zuerst Gorbatschow anrufen sollte, weil es ja direkt die Sowjetunion betraf. Und erst später Bush. Aber weil es im Kreml zu lange dauerte, bis man Gorbatschow gefunden hatte, wurde inzwischen schon Bush benachrichtigt. Also der Erste, der davon erfuhr, war der amerikanische Präsident.

„BRESLAU" UND „WROCŁAW"

Welche Bezeichnung verwenden Sie, wenn Sie über Ihre Stadt sprechen? Bringen Sie allen Gästen den polnischen Namen der Stadt bei oder sagen Sie „Breslau", wenn Sie auf Deutsch sprechen?

Wenn ich Deutsch spreche, verwende ich immer und sehr konsequent den Namen Breslau. Wenn ich auf Polnisch oder Englisch spreche, sage ich Wrocław. Der berühmte polnische Linguist – Professor Jan Miodek unterstreicht sehr stark, dass die Quelle der beiden Namen: Breslau und Wrocław dieselben sind. Sie gingen nur durch Jahrhunderte in andere Richtungen, aber etymologisch sind sie gleich. Es ist auch üblich, die Namen der Städte in der eigenen Sprache zu verwenden. Die Polen verwenden auch polnische Namen für die deutschen Städte. Sie sagen: „Ich fahre nach Monachium" – nicht nach München. Das betrifft auch andere Städte in der ganzen Welt: Nowy Jork statt New York, Londyn statt London, Rzym statt Rom, und so weiter. Das ist also keine außergewöhnliche Situation, dass die Städte anders bezeichnet werden.

Mit Breslau sah die Situation anders aus: 1945 wurde die Kontinuität des Lebens in unserer Stadt abgebrochen. Die Stadt wurde zu 68 % zerstört. Die Bevölkerung wurde fast zu 100 % ausgetauscht. Die, die diese Diskontinuität des Lebens der Stadt unterstreichen wollen, sagen oft: vor dem Krieg gab es Breslau und nach dem Krieg ist es Wrocław. Lange Zeit funktionierte es so. Aber durch die Veränderungen, die uns zusammen mit der Solidarność-Zeit erreichten, fühlten sich die Einwohner immer mehr mit der Stadt verbunden. Sie fühlten endlich, dass das ihre Stadt, ihr Zuhause ist. Zugleich wurde man aufgeschlossener für die komplizierte Geschichte der Stadt. Man merkte endlich auch die Kontinuität der Stadt. Die Anerkennung der Vorkriegsgeschichte kann man sehr gut bei den Breslauer Hochschulen sehen. Sie feiern immer zwei Jubiläen: einmal, als sie gegründet wurden als hier die deutschsprachige Kultur dominierte, und ein zweites Mal, als nach dem Zweiten Weltkrieg ihre Tätigkeit aufs Neue begann. Das beweist, dass dieses Gefühl der Kontinuität immer weiter gepflegt wird.

Nicht nur die Hochschulen. Im Jahre 2020 feierte z.B. das DCF – das Niederschlesische Filmzentrum sein 110. Jubiläum. Denn das Gebäude steht an der Stelle, wo 1910 das Kino „Palast-Theater" entstand und sich nach dem Krieg das Kino „Warszawa" befand. Man berücksichtigte die frühere Geschichte dieses Ortes.

Auch das Musiktheater Capitol kehrte 2004 zu seinem historischen Namen zurück. Selbst die Schauspieler wünschten sich das. Nach dem Krieg beherbergte das Gebäude die niederschlesische Operette und das Kino „Śląsk" (Schlesien). Nach der Sanierung wollte man den ursprünglichen Namen haben. Manchmal hört man, wie die jun-

gen Breslauer mit Stolz „unsere Nobelpreisträger" sagen. Die Nobelpreisträger sind aber kein Teil der polnischen Geschichte – mit Ausnahme der neuesten Nobelpreisträgerin Olga Tokarczuk. Sie sind
ein Teil der deutschen Kultur. Aber sie sind zum Teil unser Erbe
geworden. Ich persönlich, weil ich das Gefühl der Kontinuität der
Geschichte habe, sage immer Breslau, wenn ich Deutsch spreche. Ich
bin der erste Oberbürgermeister, der eine völlige Freiheit in dieser
Hinsicht hat. Denn zur Zeit meiner Vorgänger war die Sache immer
noch kontrovers. Ich kann mich noch erinnern, als man über die
Stempel des Konsulats empört war, dass dort „Konsulat der Bundesrepublik Deutschland in Breslau" stand. Ich habe überhaupt keine
Schwierigkeiten damit. Ich bemühte mich auch, mit allen Breslauern
Kontakt aufzunehmen und sie zu unterstützen, die ehemaligen Breslauer, die vor dem Zweiten Weltkrieg hier lebten, und die, die jetzt
hier wohnen. Für mich ist es wichtig, dass auch die neuen Einwohner,
die jetzt nach Breslau kommen, wie die etwa 100.000 Ukrainer, sich
hier wohl fühlen und das Gefühl haben, dass es auch ihre Stadt ist.

Erfahrungen mit deutschen Breslauern

**Am Anfang Ihrer Amtszeit hatte man aber noch den Eindruck, dass
die Stadt ihre deutschen Wurzeln vertuschen will. Es wurden zum
Beispiel viele Informations-Tafeln angebracht, aber sie waren nur in
zwei Sprachen: Polnisch und Englisch.**

Auch von den vertriebenen deutschen Breslauern wurde ich danach
gefragt. Ich glaube, es ist überall üblich, weltweit, dass die Tafeln in
zwei Sprachen verfasst werden: auf Englisch und in der Landesspra-
che. Es geschieht meiner Meinung nach nur aus praktischen Gründen – die Tafeln müssten viel größer sein, wenn sie in drei Sprachen
gefertigt wären. Nicht immer wäre es möglich. Aber vielleicht wäre es
doch besser: Die Touristen aus Deutschland bilden noch immer die
größte Besuchergruppe.

Stimmt, der größte Teil ausländischer Touristen kommt immerhin noch aus Deutschland. Es sind oft Kinder oder Enkelkinder von Schlesiern. Hatten Sie oft die Möglichkeit, sich mit den ehemaligen Breslauern zu treffen? Oder wurden Sie zu ihren Treffen eingeladen?

Vor vielen Jahren hat mich ein Fernsehteam danach gefragt, wie viele Schreiben ich mit dem Anspruch einer Eigentumsrückgabe bekomme? Mit großem Vergnügen antwortete ich – keine. Ich bin nie so einem Erstattungsanspruch begegnet. Ich war sechzehn Jahre Oberbürgermeister – also eine ziemlich lange Zeit. Jedes Jahr meldeten sich bei mir Personen, die familiär mit Breslau verbunden sind. Ich habe mich gern mit ihnen getroffen, wenn ich nur zeitlich Gelegenheit dazu hatte. Eines Tages – das ist eine besonders schöne Geschichte – wurde ich von 12 Frauen, die früher eine Breslauer Schule besuchten, zum Treffen eingeladen. Ich schickte ihnen Alben mit den Fotos, wie Breslau früher aussah und wie es jetzt aussieht. Ich bekam einige Briefe mit Dankesworten. Danach wurden die Fußball-Europameisterschaften organisiert. Es kamen Reporter aus verschiedenen Ecken der Welt, auch Fernsehjournalisten. Das deutsche Team interviewte mich zum Thema der Meisterschaften. Plötzlich sagte der Kameramann fröhlich zu mir: „Ich kenne Sie! Sie haben meiner Oma ein Fotoalbum geschickt. Die Oma hat sich unglaublich gefreut".

BEGEGNUNG MIT FRANK-WALTER STEINMEIER

Die Welt ist wirklich klein!

Ich habe auch viele Briefe und Telefonate bekommen, nachdem ich die Rede zum Volkstrauertag im Bundestag gehalten hatte. Noch immer melden sich einige Personen, bis heute. Generell gesehen ist es so, dass Breslau und Schlesien in Deutschland bekannte Begriffe sind. Sehr oft treffe ich Deutsche – fast jede zweite Person, die einen Kontakt mit Schlesien oder Breslau hatte. Auf diese Art und Weise begann meine Bekanntschaft mit Frank-Walter Steinmeier, dessen Mutter aus Breslau stammt. Als ich Herrn Steinmeier noch als Außenminister in der Storch-Synagoge kennenlernte, versprach er mir, dass er zukünftig für längere Zeit kommt.

Ist er auch gekommen?

Er hielt Wort und besuchte mich und Breslau im Jahre 2016.

Suchte er nach den Spuren, wo seine Mutter wohnte?

Ja, er machte einen Rundgang, wir sprachen auch viel zusammen und hatten ein gemeinsames Abendessen. Das Abendessen fing für mich sehr sympathisch an. Frank Steinmeier streckte mir nämlich die Hand zu und sagte: „Ich bin Frank". Einige Male haben wir uns später in Berlin gesehen – nicht oft, aber ab und zu.

Waren Sie auch im Schloss Bellevue?

Der Besuch war beeindruckend. Das Gespräch dauerte anderthalb Stunden und ich wurde als Ehrengast empfangen – ich sollte mich auch ins Gästebuch eintragen. Es wurde ein gemeinsames Foto vor der deutschen Fahne gemacht. Das war also mehr ein offizieller Besuch.

Können Sie sich erinnern, was Sie in das Gästebuch geschrieben haben?

In das Gästebuch schrieb ich: „Sehen Sie, was passiert ist. Heute bin ich ein Berliner". Anknüpfend natürlich an die Worte von Kennedy. Auch Bundespräsident Horst Köhler war in Breslau. Wir besuchten das Dietrich-Bonhoeffer-Haus. Er überlegte nämlich, ob er das Gebäude für eine Stiftung kaufen sollte. Daraus ist nichts geworden, aber wir waren zusammen bei dem Haus.

Beim Bundespräsidenten Frank-Walter Steinmeier im Schloss Bellevue in Berlin, 2019
(Foto aus dem Archiv des Oberbürgermeisters)

Das Haus in der Bartla-Str. 7 (früher Birkenwäldchen 7) befindet sich heute in privaten Händen. Am Haus ist eine Tafel angebracht, die Dietrich Bonhoeffer gewidmet ist. Leider ist sie von der Straße kaum sichtbar. Man müsste sie vielleicht beim Eingangstor anbringen. Mit wem suchten Sie noch nach Breslauer Spuren?

Auf Bitte meiner Freundin Helga Hirsch, einer bekannten deutschen Journalistin, deren Vater in Breslau wohnte, fuhr ich auf das Gelände der ehemaligen Linke-Hofmann-Werke, auf dem sich während des Zweiten Weltkrieges ein Außenlager des KZ Groß-Rosen, das Arbeitslager Breslau II befand. Helga Hirsch war tief berührt, denn das Haus ihres Vaters stand direkt gegenüber. Das war für sie schrecklich, dass ihr Vater jeden Tag dieses Lager sehen musste. Das waren nicht ihre Anblicke, aber sie sind zum Teil ihrer Identität geworden.

Also solche Kontakte hatte ich viele. Ich bekam von einem netten Mann aus München ein Buch von ehemaligen Breslauern, wo Erinnerungen an das Elisabeth-Gymnasium wiedergegeben wurden. Von diesem Mann bekomme ich auch regelmäßig zu Weihnachten Lebkuchen – er sieht mich als „seinen" Oberbürgermeister.

EINE GRAFIK VON JAN VON MIKULICZ-RADECKI
KEHRTE ZURÜCK

Eine schöne deutsch-polnische Geschichte verbindet sich mit einem großen Breslauer Chirurgen – Jan Mikulicz-Radecki und genauer gesagt mit einer Grafik, die er bekommen hat …

Im Vorkriegs-Breslau lebte ein weltberühmter Chirurg – Jan von Mikulicz-Radecki. Für seine Verdienste bekam er 1902 von Oberbürgermeister Georg Bender eine sehr schöne Grafik mit dem Breslauer Rathaus. Das Bild wurde dem Arzt in Anerkennung seines Beitrags zur Entwicklung der Klinik überreicht. Ich war eines Tages zu Besuch in der Partnerstadt Wiesbaden – das war genau im Jahre 2013. Nach dem Besuch, der in der örtlichen Zeitung beschrieben wurde, meldete sich die Urenkelin des Chirurgen brieflich bei mir, die Zahnärztin Dr. Gerda Hofe. Sie besuchte mich in Breslau und brachte diese Grafik, die ihr Urgroßvater vor über hundert Jahren bekam. Es stellte sich heraus, dass die Grafik zusammen mit den Mitgliedern der Fami-

Jan (Johann) von Mikulicz-Radecki (1850-1905) – eine Legende der Chirurgie. Er organisierte in der Breslauer Klinik den damals modernsten Operationssaal der Welt. Die Wände wurden mit weißen Kacheln verkleidet und ihre Ecken wurden abgerundet, um leichter Sauberkeit zu halten. Im Untergeschoss der Klinik wurde ein modernes chemisches und bakteriologisches Labor eingerichtet. Mikulicz-Radecki, ein Pionier der Aseptik und Antiseptik, ordnete an, in sterilen Schürzen und Masken und Handschuhen zu operieren. Bis heute verwenden Chirurgen Werkzeuge, die nach Mikulicz' Idee gebaut wurden, und wenden von ihm entwickelte Methoden an. Dank Professor Jan von Mikulicz-Radecki kann sich Breslau rühmen, die Wiege der Thoraxchirurgie zu sein.

lie weltweit gewandert war. Sie war in der Schweiz, dann in Australien, dann kehrte sie nach Deutschland zurück – nach Wiesbaden. Dr. Gerda Hofe entschied, dass die Grafik unbedingt nach Breslau gehen sollte – das sei der richtige Platz für sie.

Ich schenkte das Bild dem Rektor der Medizinischen Universität – es kehrte also zu dem Saal zurück, in dem Mikulicz-Radecki seine Chirurgie-Vorlesungen hielt und zu dem Gebäude, in dem Mikulicz-Radecki seine legendären Operationen durchführte. Das Bild hängt dort an der Wand mit der Information, dass es durch die halbe Welt gewandert ist. Und nach 111 Jahren kehrte es nach Breslau zurück.

So führen die Spuren aus Breslau oft auf andere Kontinente …

Breslau war von 2010 bis 2017 Gastgeber für die transatlantische Konferenz „Wrocław Global Forum". Das jährliche Treffen von Politikern und Diplomaten wurde zusammen mit dem Atlantic Council organisiert. Es war eine Veranstaltung, die sich auf einem sehr hohen Niveau bewegte. Dank dem Global Forum lernte ich John McCain gut kennen. Der verstorbene Senator sagte mir übrigens eine große politische Karriere voraus, was nicht so ganz Wirklichkeit werden sollte. Wir pflegten ein gutes Verhältnis und verbrachten einige Stunden bei politischen Gesprächen. Einer der Leader des Atlantic Council, ein Amerikaner, der in Washington lebt, fühlte sich sehr stark mit Breslau verbunden. Er behauptete, sein Großvater stamme aus Breslau und habe hier eine Zigarrenfabrik gehabt. Wir bekamen die Aufgabe, diese Informationen im Breslauer Archiv nachzuprüfen. Tatsächlich haben wir den Großvater im Archiv gefunden, aber es stellte sich heraus, dass er kein Besitzer einer Zigarrenfabrik war. Er arbeitete in einer Zigarettenfabrik, aus der er wegen schlechten Benehmens entlassen wurde. Nachdem er in die USA emigriert war, dachte er sich diese Geschichte aus, die er später den weiteren Generationen erzählte.

JOHANNES PAUL II. UND BENEDIKT XVI.

An welche Treffen erinnern Sie sich am besten? Welche waren für Sie besonders wichtig?

Vielleicht beginne ich mit Papst Johannes Paul II., mit dem ich ein kurzes, aber herzliches Treffen hatte. Mit dieser Begegnung war ein kleines Abenteuer verbunden. Als ich zum Papst nach Rom flog, sollte ich ein Geschenk der Stadt mitnehmen: eine Stola mit dem gestickten Wappen der Stadt. Aus Versehen verlor ich das Geschenk auf dem Flughafen in Kattowitz. Zum Glück wurde es gefunden und kam zeitlich noch nach Rom. Als ich das Geschenk überreichte, lud ich den Papst nach Breslau ein. Der Papst nahm die Einladung gern an. Leider starb er kurz danach. Mit Benedikt XVI. sprach ich auch in Rom. Wir unterhielten uns über Edith Stein, also die heilige Theresia Benedicta vom Kreuz.

Rafał Dutkiewicz schenkt Papst Johannes Paul II. eine Stola mit dem gestickten Wappen der Stadt, 2004 (Foto aus dem Archiv des Oberbürgermeisters)

165

*Audienz bei Papst Benedikt XVI. Rafał Dutkiewicz schenkte dem Papst eine Miniatur
des Europa-Friedenskreuzes, das der hl. Edith Stein gewidmet ist, 2011*
(*Foto aus dem Archiv des Oberbürgermeisters*)

Die einzige Heilige, die in Breslau geboren wurde.

Der Anlass zu diesem Gespräch war auch das symbolische Geschenk,
das ich mitbrachte. Es war die Miniatur von dem Europa-Friedens-
kreuz, das der hl. Edith Stein gewidmet ist.

**Die Replik des großen Kreuzes, ein Werk des österreichischen Künst-
lers Helmut Strobl, steht in der Nähe des Wohnhauses von Edith
Stein und der Michaeliskirche, die sie besuchte. Es ist zur Hälfte aus
Holz und zur Hälfte aus Metall gefertigt. Der Künstler hat am Kreuz
die polnische und hebräische Inschrift „Vater, in deine Hände emp-
fehle ich voll Vertrauen meinen Geist" sowie 365 Nägel angebracht.
Diese sollen auf Krieg, Hunger, Armut, Krankheiten, Rassismus hinweisen. „Millionen Menschen werden immer wieder an das Kreuz ge-
nagelt", sagte der Künstler. Das Kreuz wurde dank Ihrer Bemühungen in Breslau aufgestellt?**

Ich bat den Künstler darum, eine Kopie für Breslau zu fertigen und einige Miniaturen des Werkes vorzubereiten. Eine bekam Papst Benedikt XVI. Bei der Übergabe des Geschenks kam das Gespräch auf das Thema Edith Stein und die Symbolik des Kreuzes.

Ein witziger Kardinal

Das war aber in Rom?

Ja, hier in Breslau war der Kardinal Tarcisio Bertone. Mit ihm hatte ich ein lustiges Gespräch. Weil ich wusste, dass er oft Witze macht, fragte ich ihn, was man im Vatikan zum Thema Menschenklonen meint. Er antwortete: „Generell sind wir dagegen, mit Ausnahme der Sophie Loren". Den Kardinal besuchte ich auch im Vatikan. Nach dem Diensttreffen dort wurden wir mit dem Auto abgeholt. Wir fuhren die engen Gassen entlang und plötzlich mussten wir durch ein enges Tor durch. Uns kam ein Auto entgegen. Es ließ uns die Vorfahrt. Plötzlich hörte ich vom Fahrer laut „O mama mia!". Er hatte erkannt, dass in dem anderen Auto, das uns die Vorfahrt gewährte, Papst Franziskus fuhr.

Kurz danach stiegen wir aus und spazierten zum Petersplatz. Dort traf ich einen Salvatorianer. Es stellte sich heraus, dass es mein ehemaliger Student ist, weil ich früher Logik sowohl am Seminar in Breslau als auch bei den Salvatorianern in Bagno in der Nähe von Obernigk unterrichtete. Er freute sich sehr und lud uns zum Mittagessen ein. Wir aßen und unterhielten uns. Die Salvatorianer sind Missionsbrüder und haben oft sehr viele Gewohnheiten aus den entfernten Regionen. So aßen wir als Nachspeise trockene Ameisen, weil er Vorräte aus Afrika hatte. Aus lauter Freude übergab er uns ein Geschenk aus Afrika – nämlich einen großen Haifischkiefer. Mit diesem begaben wir uns zum Flughafen und wurden gleich vom Zöllner festgehalten. Als wir erklärten, dass das ein Haifischkiefer ist und dass wir von Kardinal Bertone kommen, wurden wir durchgelassen.

Ehrung von George Bush senior

Und von den geistlichen Personen? Welche Treffen waren so ungewöhnlich?

Ein sehr interessantes Treffen hatte ich einmal in den USA. In Breslau wird alljährlich der Jan-Nowak-Jeziorański-Preis verliehen. Der große Politiker hatte den Wunsch, es war ein wenig das Vermächtnis von Jeziorański, dass diesen Preis Bush senior, also George Herbert Walker Bush, bekommt. Denn er hatte sich für Polen engagiert. Zu meinem Erstaunen nahm Bush den Vorschlag an, aber er konnte zum 4. Juni nicht nach Polen kommen. Deshalb fand die Preisverleihung zweimal statt: also zuerst flogen wir mit meiner Frau in die USA und wurden dort in der Sommerresidenz Kennebunkport empfangen. Im Winter wohnen sie in Texas. Bei dem Treffen war der amerikanische Botschafter in Polen, Victor Ashe, anwesend, der die Bush-Familie kannte. Wir wurden zu einer bestimmten Stunde angemeldet. Das Treffen sollte 10 Minuten dauern, aber es dauerte über

Zu Besuch bei Barbara und George Herbert Walker Bush in Kennebunkport in den USA, 2005. Der Anlass war die Verleihung des Jan-Nowak-Jeziorański-Preises an Bush senior (Foto aus dem Archiv des Oberbürgermeisters)

168

zwei Stunden. Es war so spannend. Frau Barbara Bush servierte uns Kaffee und Tee und Herr Bush erzählte über seinen Besuch bei Lech Wałęsa, wie er mit Helmut Kohl über die Anerkennung der Oder-Neiße-Grenze sprach, wie er sich darüber mit dem französischen Präsidenten unterhielt. Das Treffen war sehr interessant. Am Ende bedankte ich mich für alles, was er für Polen getan hat und überreichte ihm diese wunderschöne Statuette. Barbara Bush weinte vor Rührung. Als wir schon nach dem Abschied zum Auto gingen, erschien der Präsident noch einmal, diesmal auf dem Segway – damals war das eine Neuheit. Auf dem Segway stand ein amerikanischer Adler und die Inschrift Air Force One. Er fragte mich, ob ich Lust hätte damit eine Runde zu drehen. So kam es dazu, dass ich mit der Air Force One fahren konnte. Zur Preisverleihung nach Breslau kam der Enkel des Präsidenten. Wir holten ihn vom Flughafen ab, wussten zuerst nicht wie er aussieht, aber man konnte ihn sofort erkennen, so sehr sah er dem Großvater ähnlich. Die Preisverleihung fand im Ossolineum statt, aber der junge Mann war auch bei uns zu Gast und nach dem Mittagessen spielten wir Basketball. Es war eine amerikanisch-polnische Mannschaft, die polnische gewann.

Beim Dalai Lama in Indien

Zu den ganz besonderen und sympathischen Begegnungen gehören bestimmt die mit dem Dalai Lama. Wie viele Male war er in Breslau?

Drei Mal war er in Breslau. Weiter habe ich mich mit dem Dalai Lama noch einmal in Warschau getroffen. Dann habe ich ihn in Indien besucht. Er wohnt am Fuße des Himalaya.

Wie waren die Eindrücke von dem Besuch in Indien?

Ich bin zum Dalai Lama geflogen, weil ich ihn zum zweiten Mal nach Breslau einladen wollte – für das Jahr 2016, als Breslau Europäische Kulturhauptstadt werden sollte. Er reagierte sehr nett: als ich bei ihm in der Residenz saß, und davon erzählte, dass 2016 Breslau die Europäische Kulturhauptstadt wird und dass ich ihn aus diesem Anlass einladen möchte, nahm er mich bei der Hand und sagte: „Den Freunden kann man nicht absagen". Er ist wirklich 2016 gekommen. Damals zeigte ich ihm die Friedenskirche in Schweidnitz und dort wurde ein Treffen mit den Vertretern aller Religionen, die in Niederschlesien vertreten sind, organisiert. Die Vertreter aller Religionsgemeinden unterschrieben – zusammen mit dem Dalai Lama – einen Appell für den Frieden in der Welt. In seiner Rede bedankte sich der Dalai Lama für diesen Appell, er meinte, dieser sei ganz wichtig. Und sagte zusätzlich: „Denkt bitte jedoch daran, dass man einerseits für den Frieden beten, andererseits aber etwas für den Frieden tun muss, denn das Gebet allein ist zu wenig."

Der Dalai Lama beim zweiten Besuch in Breslau. Damals wurde für ihn
ein spezielles Geschenk vorbereitet: die Fahne von Tibet und der Solidarność, 2010
(Foto: Maciej Kulczyński)

Wann war der Dalai Lama das erste Mal in Breslau?

Einige Jahre davor. Als die Chinesen den nächsten Pogrom in Tibet durchführten, überlegte die Welt, wie sie darauf reagieren soll. Damals kam ich auf die Idee, den Dalai Lama zum Ehrenbürger der Stadt zu machen, um zu zeigen, dass die Breslauer intensiv daran denken, dass sie die Tibeter unterstützen. Ich hatte keine Ahnung, ob der Dalai Lama diese Auszeichnung annimmt und ob er überhaupt kommt. Aber wir versuchten es und über die europäische Vertretung von Tibet in London sind wir in Kontakt gekommen. Es zeigte sich, dass der Dalai Lama diese Auszeichnung gern annahm und dass er kommen würde. Er konnte nicht zum Stadtfest am 24. Juni kommen, aber er kam im September. Damals haben wir mit ihm verschiedene Treffen organisiert, unter anderem ein großes Treffen mit den Breslauern in der Jahrhunderthalle, aber auch ein kleines Treffen mit Jugendlichen in einer der Kirchen. Ich fragte zuerst Kardinal Gulbinowicz, ob wir ein Treffen mit dem Dalai Lama in einer Kirche machen können. Er antwortete humorvoll: „Aber klar. Wenn er sich bekehren sollte, dann nur in der Kirche!" Es gab dort ein Treffen mit den Schülern des Salesianer-Gymnasiums. Ich kann mich auch sehr gut an seinen Abschied von Breslau im Jahre 2016 erinnern. Das war auf dem Breslauer Flughafen. Damals waren wir uns einig, dass wir uns bestimmt nicht mehr sehen werden. Er legte die Arme an meine Schultern und zog meine Stirn an seine und danach schaute er mir tief in die Augen. Das war sehr eindrucksvoll.

Was hat der Dalai Lama von Ihnen und von Breslau bekommen?

Ich schenkte ihm beim ersten Treffen auch eine Miniatur des Friedenskreuzes der heiligen Edith Stein, beim zweiten Mal zwei Fahnen, die von Tibet und die Fahne der Solidarność. Es war unser Zeichen der Solidarität mit Tibet. Er war tief beeindruckt.

Viele weitere prominente Breslau-Besucher

Welche bekannten Persönlichkeiten waren während Ihrer Amtszeit noch in Breslau zu Besuch?

Im Rahmen des Weimarer Dreiecks fand im Mai 2003 auch ein Treffen mit Gerhard Schröder, Jacques Chirac und Aleksander Kwaśniewski statt. Nach der feierlichen Eröffnung trafen wir uns in dem ältesten Bierkeller Europas, im Schweidnitzer Keller. Das Treffen verlief aus zwei Gründen amüsant: Zum Ersten trank Herr Schröder Wein und Herr Chirac Bier – also umgekehrt als wir vermuten würden – und zum Zweiten bekamen alle drei Gäste von unserem Kardinal Ringe, die das Millennium, also die Tausend Jahre der Stadt symbolisieren sollten. Zugleich wurde den Gästen mitgeteilt, dass sie mit dieser Geste symbolisch Niederschlesien heiraten. Der Bundeskanzler Schröder reagierte ganz lustig, er sagte nämlich: „Bei mir wäre das zum fünften Mal". Deshalb auch habe ich das Treffen in Erinnerung. Und noch etwas: Als nach den Abschlussgesprächen des Weimarer Dreiecks Herr Chirac sich mit seiner Limousine auf den Weg machte und mich am Ring vorbeikommen sah, hielt er an, verabschiedete sich herzlich und schenkte mir eine Uhr. Diese Uhr habe ich bis heute.

Nach Breslau kam auch das schwedische Königspaar?

Das stimmt. Es war ein zweitägiger, ganz netter Besuch. Wir hatten ein gemeinsames Mittagessen im Rathaus, besuchten dann das Breslauer Stadion. Ein Grund des Besuches war mit den ökologischen Elektro-Autos verbunden – der König sprach davon. Er erzählte mir später, dass er bei diesem Thema sehr engagiert ist, aber manchmal mit einem ganz normalen Auto auch schnell fahren mag. Ich schenkte dem Königspaar eine schöne Grafik von Breslau mit einem verzierten Rahmen. Der König sagte, er habe auch etwas für mich und schenkte mir eine kleine Schachtel. Darin war der königliche Orden von Schweden – so wurde ich zum Träger der höchsten schwedischen Auszeichnung.

Welches Geschenk haben Sie noch stark in Erinnerung?

Einmal, als mich der Oberbürgermeister von Wilna besuchte, es war kurz vor meinen letzten Wahlen, brachte er mir die Miniatur der Muttergottes von Wilna mit und er sagte: „Das ist für Dich, damit die Muttergottes Dich vor den Wahlen in Obhut nimmt".

Wilna ist für Polen ein Begriff, vor allem wegen Marschall Piłsudski, der die Unabhängigkeit Polens erkämpfte und unser Nationalheld ist. Sein Herz liegt in Wilna auf dem Rossa-Friedhof, neben seiner Mutter.

Im Jahre 2016 besuchte mich Bundestagspräsident Dr. Norbert Lammert. Es war ein sehr interessantes Treffen. Meine Mitarbeiter machten sich Sorgen, denn wir stritten uns über eine Stunde über

Der ehemalige tschechische Präsident Václav Havel besucht die Ausstellung „Europe – It's Our History" in der Jahrhunderthalle, 2009 (Foto: Maciej Kulczyński)

die Zukunft Europas. Es war natürlich ein positives, konstruktives Gespräch. Über die Zukunft Europas stritt ich mich auch mit dem tschechischen Präsidenten Václav Klaus – ich bin ein großer Europa-Fan, er ist mehr Europa-Skeptiker. Also es war ein heftiges Gespräch. Präsident Klaus schloss das heftige Gespräch mit den Worten: „Mit dir kann ich so gut streiten". Den Präsidenten Klaus besuchte ich später auf dem Hradschin in Prag im Rahmen eines Gegenbesuches. Einige Male davor war auch Präsident Václav Havel in Breslau.

Václav Havel ist auch der Ehrenbürger der Stadt, nicht wahr?

Ja, auch ein Preisträger des Jan-Nowak-Jeziorański-Preises. Ich traf mich mit ihm nach der Verleihung des Preises. Er war dafür bekannt, dass er sich hoch in den Bergen mit polnischen Oppositionellen traf. Als er hier zu Gast war, lud ich ihn zum Abendessen ins Monopol-Hotel auf die Terrasse. Er bat mich darum, den Ort zu wechseln, weil er unter Höhenangst litt. Das war so stark, dass es ihm schwindelig wurde, immer wenn er daran dachte.

KOMISCHE SITUATIONEN

Sind Ihnen irgendwelche komischen Situationen passiert?

Einmal sagte mein Bekannter, der früher bei der polnischen Regierung war, er habe Grüße vom „Fürsten" für mich. In der Sprache der Politiker, vor allem der PiS-Politiker, nennt man den Ministerpräsidenten Morawiecki „Fürst". Ich wunderte mich und fragte, wieso mich Morawiecki grüßen lässt. Es stellte sich heraus, dass der Gruß von einem echten Fürsten kam. Mein Freund war kurz zuvor in Monaco und traf den Fürsten auf dem Golfplatz. Als dieser nach dem Land der Gäste fragte und in der Antwort „Polen" hörte, sagte er, er kennt zwei Polen: Wojciech Fibak und Rafał Dutkiewicz. So ließ mich der Fürst grüßen.

Wann haben Sie den Fürsten von Monaco kennengelernt?

Fürst Albert besuchte mich im Jahre 2012, war mit mir beim Fußballspiel Polen-Tschechien. Leider hat Polen damals verloren. Aber er saß auf der Tribüne mit weiß-rotem Schal und ich brachte ihm „Polska gola" (Polen... Tor!) bei. Danach hatten wir ein gemeinsames Abendessen und nach dem Essen sangen seine und meine Gruppe verschiedene internationale Volkslieder. Am meisten gefiel dem Fürsten das Lied „Hej Sokoły", denn es ist sehr melodisch und dynamisch. Später sahen wir uns noch einmal, als der Fürst zum offiziellen Besuch nach Warschau kam. Ich war auch dabei.

Sie haben wirklich schöne Erinnerungen, die mit den vielen Gästen verbunden sind. Wie könnten Sie Ihre Amtszeit zusammenfassen?

Das Jahr hat zwölf Monate. Wenn wir von diesen Monaten Ferien, Fest- und Feiertage abziehen, bleiben zehn intensive Monate. Also

Fürst Albert von Monaco mit dem Oberbürgermeisterpaar beim Fußballspiel Polen-Tschechien während der Fußball-Europameisterschaft 2012 in Breslau
(*Foto: Maciej Kulczyński*)

wenn man die 16 Jahre meiner Amtszeit betrachtet, bedeutet das 160 intensive Monate. Am Ende meiner Amtszeit zeigte ich eine Power-Point-Präsentation: 160 Investoren, die sich in meiner Amtszeit hier niederließen, 160 große Sozialprojekte, die realisiert wurden und 160 berühmte Persönlichkeiten, die Breslau besuchten. Ich wollte damit zeigen, wie dicht und erfolgreich diese Jahre waren. Das waren wirklich große Investitionen, große Projekte und Persönlichkeiten, die in der ganzen Welt bekannt waren. Diese Präsentation, mit der ich die 16 Jahre meiner Amtszeit zusammenfasste, nannte ich 4 x 160. In Wahrheit gab es viele, viele mehr!

Schade, dass keine Ausstellung zu diesem Thema entstand. Denn für viele waren einige Sachen überhaupt nicht sichtbar oder klar, dass sie von Ihnen initiiert wurden. Das menschliche Gedächtnis ist sehr kurz, würde ich sagen. Aber schön, dass mindestens zwei Bücher erschienen sind: eins auf Polnisch und dieses auf Deutsch.

Das stimmt. Ich freue mich sehr.

Lieblingsdichter Tadeusz Różewicz

Das Jahr 2021 wurde zum Tadeusz-Różewicz-Jahr ernannt. Das ist wohl Ihr Lieblingsdichter?

Ja, ich war mit Tadeusz Różewicz befreundet. Er hat mich verpflichtet, einen Teil seines Testaments zu erfüllen. In vielen Städten stellt man nämlich nach dem Tod von bekannten Persönlichkeiten eine Bank auf, meistens mit der Bronzefigur dieser Person. Ich musste Różewicz versprechen, dass es nie eine Bank mit seiner Gestalt in Breslau geben wird. Sie möchten bestimmt wissen, warum? Tadeusz Różewicz sagte mir noch zu seinen Lebzeiten: Solange er lebt, kann er selbst entscheiden, wer sich neben ihn setzt. Nach dem Tod hätte er keinen Einfluss mehr darauf. Und wenn sich ein Idiot neben ihn setzt, was macht er da? Deshalb habe ich ihm versprochen, keine Bank aufzustellen.

Man hat geglaubt, Różewicz sei ein fester Kandidat für den Literatur-Nobelpreis. Es ist nicht dazu gekommen. Aber wir haben eine andere Breslauer Schriftstellerin, die vor kurzem den Nobelpreis erhielt – Olga Tokarczuk.

Die erste Auszeichnung, und genauer gesagt – die erste Medaille, die sie bekam, stammte von mir. Es gibt nämlich eine bestimmte Breslauer Medaille – „Verdienstvoll für Breslau". Sie war entzückt, denn sie sagte, noch nie hätte sie eine Medaille bekommen, die man richtig anheften muss.

Die Andenken an Tadeusz Różewicz in der Ausstellung zur 1000-jährigen Geschichte der Stadt im Königlichen Schloss (Foto: Małgorzata Urlich-Kornacka)

REGELN FÜR POLITISCHEN ERFOLG

Gibt es ein Rezept, eine Liste von Empfehlungen für andere Stadtoberhäupter, wie man aus einer Provinzstadt eine Metropole macht? Was ist bei diesem Prozess wichtig? Intuition, Erfahrung, vielleicht Glück? Worauf sollte man sich konzentrieren, damit der Plan zum Erfolg führt?

Damit der Prozess ähnlich wie in Breslau verläuft, muss man sich auf die Sozialstruktur konzentrieren. Die Sozialstruktur „webt" man langsam, Schritt für Schritt. Zuerst muss man verschiedene Kapitale entwickeln: man muss Geld haben, also die Wirtschaft soll angekurbelt werden. Weiter muss das gesellschaftliche Kapital entwickelt sein, die Menschen müssen Lust darauf haben, miteinander zu leben und zu arbeiten. Die Institutionen müssen stark sein, die Menschen müssen sich sicher fühlen und sehen, dass jemand hinter ihnen steht, falls es notwendig wird. Es muss eine Vision für die Stadt geben: Man muss wissen, in welche Richtung man geht und wozu. Das Schaffen von Vertrauen ist ganz wichtig. Man muss den Schwerpunkt auf die Entwicklung setzen – auf die Nachhaltigkeitsentwicklung. Die Fragen der Menschenwürde sind ganz wichtig.

Sie haben kurz die Punkte erwähnt, aber Sie haben in einem Artikel genau beschrieben, wie man die Gesellschaft oder die Sozialstruktur „webt". So wie Sie sagten: einen einzelnen Faden kann man leicht zerreißen, aber einen gewebten Stoff nicht mehr so einfach. Welche sind diese Goldenen Regeln, an die man sich halten sollte?

Der Prozess ist natürlich kompliziert, denn hier haben wir es mit lebendigen und intelligenten Wesen zu tun. Es lässt sich nicht alles vorausplanen. Aber es gibt fünf Regeln, die unverändert bleiben.

Die erste Regel ist die Regel des Kapitals.

Alles, was getan wird, erfordert Investitionen und Ressourcen. Und Wissen. Das alles kostet Geld. Es gibt ein Finanzkapital, das die Kosten, die Ausgaben der Unternehmen misst.

Es gibt ein Potential der Menschen, ein Humankapital, das die Zahl und die intellektuelle Fähigkeit der Menschen zur Realisierung der Aufgaben zeigt.

Es gibt ein soziales Kapital, das sich auf zwischenmenschliche Beziehungen stützt und zeigt, wie hoch die Fähigkeit zur Kooperation und zur Zusammenarbeit ist.

Es gibt noch weitere Kapitale, aber die drei soeben erwähnten, sind die wichtigsten. Es geht darum, wie viel ich schaffen möchte, wie viele Menschen ich dazu habe und wie intelligent oder ausgebildet sie sind und ob sie zusammenleben und arbeiten können. Die Kapitale müssen aufgebaut, gestaltet und gestärkt werden.

Die zweite Regel ist die Regel der Institutionen.

Starke Gesellschaften brauchen starke Institutionen, die von Sitten und Bräuchen, Traditionen, Gedächtnis, Regeln geprägt werden. Institutionen bilden eine der Dimensionen des Sozialkapitals. Sie sind eine Garantie für die Wirksamkeit gemeinsamer Aktionen. Die Institutionen müssen gestärkt, ich würde sogar sagen, immer neu gegründet werden.

Die dritte Regel ist die Regel der Zielstrebigkeit, des Sinns.

Alle Aktivitäten, alles, was getan wird, muss einen Sinn haben. So sind wir Menschen gebaut. Unseren Handlungen einen Sinn zu geben, macht sie realistisch und irgendwie auch notwendig. Dies ist der Bereich unseres Handelns, mit dem sich das wenig populäre Wort verbindet, nämlich „Narration". Dies ist etwas, das weder besonders höflich noch sehr klug einer der früheren Ministerpräsidenten beschrieb, indem er sagte: „Wenn jemand eine Vision hat, soll er zum Psychiater gehen". Der soziale Sinn des Daseins und Handelns muss mitgestaltet, glaubwürdig gemacht und unterstützt werden.

Die vierte Regel ist die Regel der Entwicklung.

Selbst in den Sinn muss Ordnung gebracht werden. Diese Ordnung kann bedeuten, dass man den Sinn einem Ziel unterordnet, und das ist oft etwas, was wir Entwicklung nennen. Ganz allgemein geht es darum, etwas besser oder häufiger zu machen. Dieses „besser und mehr" nimmt verschiedene Dimensionen an. In der Regel wirtschaftliche Dimensionen, aber nicht nur.

Wir wissen auch, dass auf dem heutigen Zivilisationsniveau eine nachhaltige Entwicklung möglich ist. Das heißt eine Entwicklung, in der die Bedürfnisse der heutigen Generation befriedigt werden können, ohne die Chancen künftiger Generationen bei der Erfüllung dieser Bedürfnisse zu gefährden.

Die Entwicklung muss finanziert werden. Mit Berücksichtigung des Ressourcenprinzips – der Regel der oben definierten Nachhaltigkeit und des Gleichgewichts. Die letzte und die wichtigste Regel:

die Regel der menschlichen Würde.

Die grundsätzliche Regel, die sich auf die Menschen und auf die menschlichen Wesen bezieht. Vor kurzem wurde sie, meiner Meinung nach zu Recht, auch auf unsere Mitgeschöpfe ausgedehnt, obwohl in diesem Bereich noch ein langer Weg vor uns liegt. Das Leben ist vergänglich und beschwerlich. Es muss geschützt werden, aber es endet. Die Würde bleibt bestehen und ist unantastbar. Eine Würde, ohne die es keine Demokratie gibt. DEMOKRATIE!

Das sind die fünf Regeln des sozialen Funktionierens. Die Regeln, die Nationen und länderübergreifende Vereinigungen zu besseren Gemeinschaften machen. Mit diesen Fragen hätten wir uns seit 1989 befassen müssen. Ja, wir hatten Regierungen, die nach dieser Art des Denkens gesucht haben. Andere Regierungen haben diese Dinge völlig missachtet.

Die gegenwärtige Regierung ist, wie man sehen kann, ein harter Versuch, uns in die düstere Welt der Diktatur zurückzuversetzen und alle Ebenen des gesellschaftlichen Zusammenlebens zu zerstören. Indem man die fünf Grundregeln des gesellschaftlichen Lebens bricht.

Darauf werden wir noch zu sprechen kommen. Heutzutage, wenn man die aktuelle Situation der Pandemie unter die Lupe nimmt, sind da die Regeln immer noch aktuell?

Mir scheint, die wirtschaftliche Krise wird sich noch vertiefen. Aber die Ratschläge sind ähnlich und betreffen drei Bereiche: Erstens muss man sich um Sicherheit kümmern – es geht vor allem um die epidemiologische Sicherheit. Hier ist auch die Bildung sehr wichtig. Deshalb finde ich es richtig, dass die Kinder in die Schule zurückkehrten, natürlich unter Berücksichtigung der Maßnahmen, die diese Rückkehr sicher machen. Zweitens: Je tiefer die Krise ist, desto wichtiger ist die Wirtschaft und die wirtschaftliche Entwicklung. Drittens: Wir wissen, dass diese Entwicklung im Einklang mit der Natur gehen sollte. Die Epidemie wird vorübergehen, die Krise wird vorübergehen. Also es geht darum, die Umwelt für die nächsten Generationen zu schonen.

Den letzten Aspekt sieht man besonders in Breslau, wenn es um die Fahrradwege geht. Sie haben sich sehr für die Entwicklung der neuen Fahrradwege eingesetzt? Es ist noch nicht so wie in den anderen europäischen Ländern, aber es wird immer besser ...

Als ich meine Amtszeit begann, gab es etwa 105 Kilometer Fahrradwege, am Ende meiner Amtszeit gab es zwei oder dreimal so viele. Das ist noch immer zu wenig, denn die Wege bilden kein einheitliches System. Aber man sieht einen deutlichen Fortschritt. Es gibt einen unglaublichen Sprung, wenn es um die Nutzung der Fahrräder als Verkehrsmittel geht. Das ist erfreulich. Manchmal wird dieser Prozess von den Elektro-Rollern gestört, die die gleichen Fahrradwege nutzen, und damit sind einige Probleme verbunden, aber immerhin ist der Fortschritt riesengroß. Endlich sind die Breslauer dazu gekommen, die Fahrräder als Verkehrsmittel zu nutzen. Denn früher nutzte man sie nur in der Freizeit, wenn man einen Ausflug machen wollte. In unseren Augen hat sich das alles verändert. Jetzt hat das Fahrrad in Breslau beide Funktionen: Es wird sowohl in der Freizeit als auch als Verkehrsmittel genutzt. Ich habe den Eindruck, in den letzten Monaten hat Corona den Prozess noch beschleunigt.

Fahren Sie oft Rad?

Zu meiner Amtszeit bin ich auch oft Rad gefahren, aber selten zur Arbeit. Mehr in der Freizeit. Jetzt kauften wir uns mit meiner Frau

E-Bikes, also Fahrräder mit Elektro-Unterstützung. Das ist eine wunderschöne Erfindung der letzten Jahre: die Unterstützung funktioniert nur dann, wenn man in die Pedale tritt. Man kann also nicht faulenzen. Sie funktioniert nur zu einer bestimmten Geschwindigkeit. Das ist toll, dass man auch in einem bestimmten Alter längere Strecken fahren kann. Dank der E-Bikes sind wir imstande, Ausflüge nach Trebnitz und weit in die Umgebung zu machen. Früher konnte ich täglich 20 bis 40 Kilometer fahren, jetzt bis zu 80.

Pläne für die Zukunft

Welche Pläne haben Sie für die Zukunft?

Meine Pläne sind mit vier Bereichen verbunden. Ich möchte vor allem die Auslandskontakte pflegen, besonders die polnisch-deutschen und die polnisch-ukrainischen. Ich möchte in Deutschland und in der Ukraine auch als „Botschafter" Polens und „Botschafter" Breslaus auftreten. Aber auch von den Zivilisationstendenzen in der Entwicklung der heutigen Welt berichten. Zum zweiten möchte ich einen intensiven Kontakt mit den Breslauer Universitäten und Hochschulen halten. Ich bin Mitglied des Universitätsrates in Breslau. Auch möchte ich stärker mit der Technischen Universität zusammenarbeiten.

Aber nicht als Dozent?

Ja und nein. Ich möchte selbst keine Vorlesungen halten, aber ich würde mich gern bei einigen Dingen engagieren, zum Beispiel Einladungen von verschiedenen Persönlichkeiten nach Breslau. Ich möchte die Erfahrungen, die ich in Deutschland gewinnen konnte, auf dem polnischen akademischen Boden verbreiten. Zum dritten bin ich mit einigen Start-Up-Firmen verbunden. Eine von ihnen bringt gerade blitzschnelle Tests zum Coronavirus auf den Markt. Das sind Tests, die innerhalb von fünf Minuten eine Infektion feststellen können. Sie sind sehr genau und sicher.

Mit dieser Firma werde ich weiter zusammenarbeiten, wenn es um Tests zu einigen Arten von Krebs geht. Denn einige Arten von Krebs sind auch mit einer Virenentzündung verbunden. Die Forscher, die mit der Firma zusammenarbeiten, werden dank der Tests imstande sein, diese Viren schnell zu identifizieren. Die onkologischen Krankheiten haben an sich, dass man sie erfolgreich bekämpfen kann, wenn man sie früh genug entdeckt. Je früher desto besser. Wenn es solche Tests geben könnte, die in jeder Apotheke zugänglich und einfach im Gebrauch wären, dank derer man das Risiko einer onkologischen Krankheit feststellen könnte, wären die Überlebenschancen viel größer. Damit werde ich mich bei dieser Start-Up-Firma beschäftigen. Wir sprachen darüber bereits mit den Fachleuten vom onkologischen Institut. Zusammen mit unserem onkologischen Krankenhaus werden wir ein gemeinsames Projekt durchführen. Das Krankenhaus hat eine umfangreiche Datenbank, eingefrorene Proben von zahlreichen Patienten. Ich denke, da kann etwas Sinnvolles entstehen – für Polen und für die Welt.

WIEDER POLITISCH AKTIV

Und der vierte Bereich? Sie sind in die Politik zurückgekehrt und sind der Vorsitzende des Vereins „Nowa Nadzieja", also „Neue Hoffnung". Warum?

Nachdem ich meine Mission für die Stadt Breslau beendete, fanden auch gerade Wahlen statt: zuerst die zum Europaparlament, danach die Präsidentschaftswahlen. Ich habe mich verpflichtet, an diesem Zyklus nicht teilzunehmen. Ich wollte mich erholen und zunächst plante ich keine Rückkehr in die Politik. Nur falls etwas passiert. Ich hatte gehofft, die PiS-Partei („Recht und Gerechtigkeit") würde die Präsidentenwahlen verlieren. Aber es geschah anders. Ich denke, es gab reale Chancen, dass die Demokraten in Polen gewinnen. Diese Chance ist aber vertan worden. Das ist der Grund, warum ich mich jetzt in der Politik engagieren will. Ich möchte die demokratische Option in

Polen unterstützen. Ich finde, in den letzten Jahren ist viel Schlechtes in Polen passiert, besonders in drei Bereichen. Erstens: Es wurde durch die Politik gegen eine unabhängige Legislative, gegen die freiheitlich-republikanischen Grundlagen eines demokratischen Staates verstoßen – und das ist eine große Sünde. Zweitens: Das internationale Ansehen Polens ist wesentlich gesunken. Wir waren schon auf viel höherem Niveau, wenn es um das Prestige geht, aber durch Verstöße gegen legislative Grundlagen wurde unsere Position deutlich geschwächt. Drittens: Die EU-Politik Polens. Jarosław Kaczyński hat natürlich nicht vor, aus der EU auszutreten, aber seine Ausdrucksweise und die Rhetorik des Präsidenten Andrzej Duda und des Ministerpräsidenten Mateusz Morawiecki weckten eine große antieuropäische Dynamik. Die deutsch-polnische Versöhnung war schon sehr fortgeschritten und plötzlich tauchten in Polen antideutsche Töne auf, antipolnische Tendenzen sind nun auch in Deutschland hörbar. Wir sind jetzt in einer komischen Phase: Man versucht die innenpolitischen Reaktionen durch den Aufbau äußerer Feindbilder zu erklären. Und das kann nicht hingenommen werden. Diese Gründe haben mich veranlasst, noch einmal über mein Engagement in der Politik nachzudenken. Aber stufenweise und nicht aggressiv.

Auf der lokalen oder gesamtpolnischen Ebene?

Mehr auf gesamtpolnischer Ebene. Aber weil ich nicht vorhabe, Breslau zu verlassen, wird meine Tätigkeit auch teilweise regionalen oder lokalen Bezug haben.

Wie man so sagt: Gegen die eigene Natur kommt man nicht an?

Das stimmt. Aber ich werde mich in der nächsten Zeit nicht in die städtischen Angelegenheiten einmischen. Ich werde mich auf den polnischen oder regionalen Bereich konzentrieren. In der letzten Zeit verfasste ich übrigens sechs Artikel in der gesamtpolnischen Presse, in denen ich meine Entwicklungsvision für Polen beschrieb. Ich bin der Meinung, einige Lösungen, die wir in Breslau erfolgreich durchführten, könnten in anderen Städten wiederholt werden. Es ist noch etwas wichtig, ein

Zivilisationsaspekt: In Polen nehmen Spannungen zu, die zwischen den großen Metropolen und den ländlichen Gebieten und entlegenen Regionen auftauchen. Ich möchte beweisen, dass diese Erscheinungen keine typisch polnischen Erscheinungen sind. Es ist überall, weltweit so – darüber haben wir auch in Deutschland mit Kollegen aus der ganzen Welt diskutiert. Man sollte das Problem, also diese Spannungen durch territoriale Solidarität lösen. Einige Rechte, Privilegien, die mit dem Zugang zur Kultur, zur Bildung verbunden sind, sollten gerecht geteilt werden. Sowohl die großen Städte als auch kleinere Ortschaften sollten dieselben Möglichkeiten und dieselben Chancen haben.

Man kann erkennen, dass die Städte, die irgendwelche europäischen Projekte realisierten oder die, in denen etwas Kulturelles geschah, ganz anders reagieren. Die Mentalität ist dort auch anders.

In der Tat, das hängt oft vom Oberbürgermeister ab – wenn er offen ist, wenn er die Einwohner mit sich ziehen kann und wenn er imstande ist, einige europäische Mittel zu gewinnen, sieht die Situation völlig anders aus. Solche positiven Beispiele bilden die Städte Schweidnitz/Świdnica oder Bad Flinsberg/Świeradów Zdrój im Isergebirge.

Vielleicht liegt eine Ursache dieser Stadt-Land-Spannungen auch darin, dass viele Polen früher nicht verreisen konnten. Die jungen Menschen haben solche Möglichkeiten, aber die Älteren waren nie oder nur selten im Ausland. Sie hatten einfach keine Chance, sich den anderen Kulturen zu öffnen.

Ja, das Kennenlernen der Welt ist besonders wichtig.

Breslau muss dynamisch bleiben

Wie sehen Sie Breslau in der Zukunft? Wie ist Ihre Vision für die Stadt? Eher optimistisch oder pessimistisch? In welchen Farben sehen Sie das?

Ich kann zurzeit die Amtszeit meines Nachfolgers schwer beurteilen – es ist einfach zu früh. Ich hoffe, die wichtigsten Richtlinien werden von ihm fortgesetzt. In den fünf Punkten, die ich vorhin erwähnt habe, unterstrich ich, wie wichtig die Entwicklung ist. Vor vielen Jahren, als ich meine eigene Firma führte, war ich der Meinung, dass, wenn man einen großen Auftrag bekommt und viel Geld auf einmal verdient, man glücklich und zufrieden wird. Nachdem man etwas Großes realisiert hat, hat man sich eine Pause verdient, so dachte ich am Anfang. Die Gegenwart ist anders. Die Welt geht ständig nach vorne. Man muss hinterherlaufen. Nicht immer eilig, wichtig aber ist, dass man nicht einhält, dass man keine Pause macht, weil „man sie sich verdient hat". Unser Leben bildet einen Prozess. Es ist wichtig, dass dieser Prozess die Entwicklungstendenzen aufweist. Deshalb darf man die wichtigsten Richtlinien, die die Stadt nach vorne schieben, nicht aufhalten. Also man kann zum Beispiel nicht sagen: man ist mit dem Thema Arbeitsplätze fertig. Wir brauchen immer neue Arbeitsplätze und immer bessere Arbeitsplätze. Wir können auch nicht sagen, das Problem der Luftverschmutzung ist gelöst und so können wir uns ausruhen. Nachdem man die Probleme in Teilen gelöst hat, muss man versuchen, sie ganz zu lösen. Wenn wir sie vollständig lösen wollen, muss man den Klimawandel im Auge behalten. Wir dürfen auf gar keinen Fall sagen – wir sind eine absolut perfekte Stadt, wenn es um die Fahrradwege geht. Denn diese muss man erneuern, ausbauen, vielleicht in den nächsten Jahren Fahrradautobahnen bauen.

In jedem Bereich ist es so. Also es werden immer neue Themen dazukommen, aber die Richtlinien, denen die Stadt folgen muss, sind stabil. Ab und zu kommen neue Tendenzen. Die stärkste Tendenz der letzten Jahre ist die harmonische grüne Entwicklung. Die Welt und die jungen Generationen sorgen dafür, diese Dinge nicht zu vergessen. So sehe ich auch Breslau. Ich möchte, dass Breslau eine besondere Stadt bleibt. Eine besondere Metropole. Die Stadtplaner überlegten vor kurzem, was eine Metropole ist. Es gibt verschiedene Definitionen dafür. Eine gefällt mir besonders: Metropolen sind große städtische Organismen, die dank der Verbindungen untereinander aus sich selbst leben. Natürlich sind Kontakte mit der eigenen Region wichtig, aber besonders wichtig sind die Kontakte mit anderen Metropolen: in unserem Fall mit Dresden, Berlin, Prag. Also auf diese Vernetzung kommt es an. Wenn wir damit aufhören, wird die Entwicklung gebremst oder völlig gestoppt. Das bereitet mir einen besonderen Kummer. Denn aus dieser Vernetzung kommen Ideenaustausch und neue Impulse. Die internationalen Verbindungen zwischen den Metropolen bilden eine absolute Schlüsselrolle.

Breslau könnte die Beziehungen auf der Ebene der Partnerstädte ausnutzen und einen Austausch auf verschiedenen Feldern verstärken. Die Stadt hat doch im Jahre 2021 fünfzehn Partnerstädte.

Bald werden es 16 sein. Die Gespräche mit einer koreanischen Stadt wurden aufgenommen.

Gibt es etwas, was Sie bereuen, das Sie machen wollten aber nicht geschafft haben. Oder fühlen Sie, dass Ihre Mission rundum erfolgreich war?

Die Antwort kann nicht eindeutig sein, denn ich bin ein ungeduldiger Mensch. Deshalb dachte ich bei vielen Sachen, früher und heute, vielleicht könnte man das verdammt nochmal schneller erledigen. Aber die Realität ist eine andere und viele Dinge nehmen eben viel Zeit in Anspruch. Also wünschte ich, dass einige Sachen früher und schneller realisiert worden wären. Aber wenn es um die Richtungen und Entwicklungsideen geht, würde ich immer wieder so handeln. Ich bin der Meinung, wir haben nach den besten Lösungen gesucht bei allen Themen, die zu meiner Amtszeit auf dem Tisch lagen. Wenn es also um die Strategie geht, kann ich mir keine Vorwürfe machen. Es ist immer so, wenn man sechzehn Jahre diese Funktion ausfüllt, kommen noch zwischenmenschliche Dinge, Kontakte mit den Menschen zur Sprache. Ich habe sicher viele Personen glücklich gemacht, ich habe vielen Personen geholfen, aber viele waren auch unglücklich, vielleicht hatten sie einige Absagen von mir bekommen. Viele Sachen habe ich auch längst nicht mehr in Erinnerung. Manchmal denke ich darüber nach, was ich auf dem Gewissen habe, aber diese beziehen sich weniger auf das Stadtmanagement, sondern mehr auf die menschliche Ebene.

Wenn Sie sich für eine weitere Wahlperiode entschieden hätten, in welche Richtung würden Sie gehen? Oder hatten Sie einfach das Gefühl, Ihre Mission endet?

Das Projekt ist nie beendet. Es wird immer fortgesetzt und es tauchen immer neue Herausforderungen auf. Aber die Entwicklungslinien wurden richtig ausgewählt und ich hätte sie 100 Prozent fortgesetzt. Nur die Akzente würden heutzutage anders gesetzt. Es gab die Zeit, als Breslau einen größeren Flughafen brauchte – und dieser wurde gebaut. Heute müsste man sich z.B. auf die Mitigation, die aktive Verringerung der Treibhausgasemissionen, konzentrieren. Das stünde im Vordergrund.

DAS „SCHIFF" VON OSKAR ZIĘTA

Sie waren auch ein bisschen ein Visionär. Manchmal realisierten Sie auch Projekte, die die anderen völlig abstrakt oder abgehoben fanden. Hier denke ich etwa an das Werk des polnischen Designers Oskar Zięta – das „Schiff".

Die Städte brauchen Wahrzeichen. In den größeren Städten sind das oft Gebäude oder Skulpturen, die immer mit dem konkreten Ort assoziiert werden. In dem Fall von Oskar Zięta wollte ich, dass wir etwas von ihm in Breslau haben. Das große Werk wurde in der FiDU-Technik der freien Innendruckumformung entworfen. Bei dieser Gelegenheit wurde die kleinste Insel in der Stadt revitalisiert. Das Ganze bildet eine wunderschöne Einheit und gehört zu den Orten, wohin sich gerne Einheimische und Touristen begeben. Das Werk ist zum neuen Symbol der Stadt geworden.

Trotz vieler kritischer Worte, die mit den Kosten und der Enthüllung der Skulptur verbunden waren ...

Es gibt eine Tendenz in der Entwicklung der Städte, mit der ich nicht so ganz einverstanden bin. Sie beruht darauf, dass man vieles vereinfacht, dass man feste Elemente durch provisorische ersetzt. Ich habe nichts dagegen, dass man an einem beliebigen Ort einen Strand mit einigen Liegestühlen und Topfblumen anlegt. Aber es ist nur eine Art von Ersatz, der zu einigen Veranstaltungen wunderbar passt. Die Stadt jedoch besteht aus richtigen Parkanlagen, aus ordentlicher urbaner Struktur, aus Kunstwerken. Die Bäume müssen fachgerecht gepflanzt und nicht nur in Töpfen aufgestellt werden. Viele Aktivisten haben wegen dem Werk des Künstlers Proteste formuliert. Sie waren der Meinung, das Geld könnte man für einen Kindergarten oder für eine Straßenbahn ausgeben. Aber sie vergessen, für die Revitalisierung der Insel und für das Werk haben wir 50 Prozent der Summe einer Straßenbahn ausgegeben. Wenn es um Kindergärten geht: Sie sind wichtig, aber wenn die Kinder den Kindergarten verlassen, müssen sie auch auf dem Spaziergang eine schöne Umgebung und nicht eine wildbewachsene Insel sehen.

Gut, dass Sie den Mut hatten, solche, manchmal auch ganz kontroverse Projekte zu realisieren, die am Anfang sehr kritisiert wurden, dann aber der Stadt viel Nutzen und Prestige brachten. Heute wäre das nicht mehr so einfach?

Das Internet hat verursacht, dass der Zugang zu allen Informationen viel breiter geworden ist. Ich freue mich über das Engagement der Einwohner, schätze auch ihre Partizipation. Aber die Informationen werden oft verkürzt, verändert, verdreht. Das verursacht, dass es oft zu unnötigen Protesten kommt, weil es falsch verstanden wird. Wichtig ist deshalb, eine glaubwürdige Informationsquelle zu haben. Alle Projekte, die durch die Stadt realisiert werden, sind aus öffentlichen Mitteln finanziert und man kann problemlos sämtliche Informationen darüber von den städtischen Institutionen bekommen.

Herr Oberbürgermeister, vielen Dank für das informative, ausführliche Gespräch. Es war für mich eine Ehre, das Interview mit Ihnen durchführen zu können!

Ich bedanke mich auch ganz herzlich!

Oberbürgermeister

Rafał Dutkiewicz

Europa ist unsere Zukunft

*Wortlaut der Rede von Rafał Dutkiewicz
im Deutschen Bundestag aus Anlass des
Volkstrauertags am 14. November 2019*

Am 1. September 1939 überfielen deutsche Truppen Polen. Damit begann der Zweite Weltkrieg, der sechs Jahre dauerte und rund 60 Millionen Menschen das Leben kostete.

Stellen wir uns vor, dass wir im Innern der „Neuen Wache", der Gedenkstätte für die Opfer von Krieg und Gewaltherrschaft, sind. Schauen wir auf die Skulptur der Mutter, die ihren toten Sohn in den Armen hält. Nun schließen wir die Augen und vervielfältigen, verstärken wir dieses Bild 60 Millionen Mal.

Stellen wir uns vor, dass Pilger durch die Welt wandern und jeden Tag ein Grab eines Kriegsopfers besuchen. So müsste diese Pilgerfahrt beinahe 200 Jahre dauern.

Gerade einmal sind 80 Jahre vergangen, seitdem 60 Millionen Menschenleben von einer Hekatombe vernichtet wurden. Ein Zehntel der Opfer waren Polen, die Hälfte von ihnen jüdischen Glaubens.

Mein Vater hat mir erzählt, dass es Anfang September 1939 sehr warm war. In den ersten Tagen der sogenannten Flucht vor den Deutschen hat ihm seine Mutter, meine Oma, kurze Hosen angezogen. Der Vater meines Vaters, war am September-Feldzug beteiligt. Als am 17. September 1939 der Krieg im Osten gegen Polen begann, wurde mein anderer Großvater von den Sowjets nach Ostaszków deportiert und ermordet. Alles, was ich von meinen Eltern und Großeltern gelernt habe, ist das Denken über die Aussöhnung zwischen den Menschen.

Füge deinen Mitmenschen keinen Schaden zu.

Als ich die „Neue Wache" verlasse, lese ich den Text – auch meines Gebetes: ... *Wir gedenken der Millionen ermordeten Juden. Wir gedenken der ermordeten Sinti und Roma. Wir gedenken aller, die umgebracht wurden, wegen ihrer Abstammung, ihrer Homosexualität oder wegen Krankheit und Schwäche. Wir gedenken aller Ermordeten, deren Recht auf Leben geleugnet wurde.*

Wir gedenken der Menschen, die sterben mussten, um ihrer religiösen oder politischen Überzeugung willen. ...

Dies sollte in den kommenden sechs Jahren folgen, nachdem ... – hier zitiere ich Bundespräsident Steinmeier: ... *über Wieluń das Inferno hereinbrach, entfacht von deutschem Rassenwahn und Vernichtungswillen.*

Denkmal gemeinsamen Gedächtnisses.

Als ich in den sechziger Jahren zum ersten Mal nach Breslau kam, und zwar in die Stadt, die ich später 16 Jahre lang regiert habe, fand ich dort die Überbleibsel des Kriegsendes vor: klaffende Lücken im städtischen Organismus, Ruinen und leeren Raum. Die Stadt, meine Stadt, wurde in den letzten Kriegswochen fast zu 80 Prozent vernichtet. Von Februar bis Mai 1945 starben 170.000 Zivilpersonen in Breslau. So viele wie in Hiroshima und Nagasaki, wenige Monate später.

Das polnische Breslau heute war vor dem Krieg eine deutsche Stadt. Das ist wahrscheinlich die einzige Großstadt der Welt, in der die Bevölkerung vollständig ausgetauscht wurde. Hunderttausende von Deutschen wurden aus der Stadt vertrieben. An ihre Stelle zogen die Polen ein, teilweise auch aus ihren Häusern vertrieben, die sich in der Vorkriegszeit in Ostpolen befanden.

In Zeiten des kommunistischen Regimes wurden in Breslau die Gräber zerstört, in denen die Verwandten der Vertriebenen beigesetzt wurden.

194

Dr. Rafał Dutkiewicz sprach während der Zentralen Gedenkveranstaltung des Volksbundes Deutsche Kriegsgräberfürsorge e. V. am Volkstrauertag 2019 im Plenarsaal des Deutschen Bundestages im Reichstagsgebäude
(Foto: Deutscher Bundestag, Achim Melde)

Das ist genau der Grund, warum ich ein „Denkmal des Gemeinsamen Gedächtnisses" errichten wollte. Zum Andenken an die Breslauer, die auf Friedhöfen beigesetzt wurden, die heute nicht mehr bestehen. Eben an diesem Denkmal habe ich Richard von Weizsäcker und Fritz Stern gesehen, die mit Tränen in den Augen die Kerzen anzündeten.

Es gibt auch ein anderes Denkmal in Breslau, auf dem Folgendes zu lesen ist: *Wir vergeben und bitten um Vergebung!* Der Autor dieser Worte, die sich in einem Hirtenbrief der polnischen Bischöfe an ihre deutschen Amtsbrüder befinden, ist Kardinal Kominek und das ist sein Denkmal.

Zwanzig Jahre nach dem Ende des Zweiten Weltkrieges schrieb dieser Einwohner der Stadt der Vertreibung, ein Pole, dessen Familie, wie jede polnische Familie, vom Zweiten Weltkrieg betroffen wurde, wie folgt: *Wir vergeben und bitten um Vergebung!*

Auf die Frage, warum die deutsch-polnische Versöhnung so wichtig ist, erwiderte Kominek: *Die Sprechweise kann nicht nationalistisch sein, sondern muss europäisch in der tiefgreifendsten Bedeutung dieses Wortes sein. Europa ist die Zukunft – Nationalismen sind von gestern. (...) Eine Vertiefung der Diskussion darüber, eine föderative Lösung für alle Völker Europas zu schaffen, u. a. durch schrittweisen Verzicht auf die nationale Souveränität in Fragen der Sicherheit, der Wirtschaft und der Außenpolitik [ist sehr wichtig]...*

Machen wir uns Gedanken über die heutige Gestaltung Europas, gilt dann als ein markanter Punkt, der die Spuren des Zweiten Weltkrieges verwischt – der Fall der Berliner Mauer. Darüber schrieb Fritz Stern in seinem Erinnerungsband „Fünf Deutschland und ein Leben":

So schaute ich etwa von Ferne zu, als Breslau in den achtziger Jahren des vorigen Jahrhunderts eine neue, noble Bedeutung gewann: Es wurde zu einer Hochburg der Solidarność, jener polnischen Bewegung, die zur Selbstbefreiung Osteuropas und zum wiedervereinigten Deutschland (meinem fünften) führte.

Dem Vertrag über die Europäische Union ist zu entnehmen:

Die Werte, auf die sich die Union gründet, sind die Achtung der Menschenwürde, Freiheit, Demokratie, Gleichheit, Rechtsstaatlichkeit und die Wahrung der Menschenrechte einschließlich der Rechte der Personen, die Minderheiten angehören. Diese Werte sind allen Mitgliedsstaaten in einer Gesellschaft gemeinsam, die sich durch Pluralismus, Nichtdiskriminierung, Toleranz, Gerechtigkeit, Solidarität und die Gleichheit von Frauen und Männern auszeichnet.

Die Europäische Union ist eine deutliche Antwort unseres Kontinents auf die Tragödie des Zweiten Weltkrieges. Der Entstehung der Europäischen Union liegt die Erinnerung und die Überlegung zugrunde, dass der Krieg so viele Millionen Menschenleben kosten sollte, unter ihnen Millionen polnische Bürger. Allein während des Warschauer Aufstands wurden etwa 200.000 Menschen ermordet.

Für die Idee des Denkmales für die Opfer der deutschen Besatzung Polens wollte ich mich hier im Bundestag bedanken. Es ist bedeutend, dass Warschau, das so stark bei und nach dem Aufstand 44 zerstört wurde, eine der Hauptstädte der Europäischen Union ist. Es ist bedeutend, dass Warschau diejenigen Werte beachten soll, die dem Vertrag über die Europäische Union zu entnehmen sind. Diese Werte sollen uns dabei helfen, die Welle des Populismus und des Nationalismus zu brechen, die auch durch Europa rollt. Indem wir gegen Nationalismen kämpfen, wenden wir uns nicht gegen Nationen.

Die Stärke der nationalen Vorstellungsverbindungen ist in der Geschichte so ausschlaggebend, dass Philosophen – wie etwa Habermas – bereit sind, Folgendes zu sagen: *Würden die Nationalstaaten nicht entstehen, so müsste man sie erfinden.*

Die Gemeinschaft zieht aber immer weitere Kreise. National geht mit international einher. Die Nation heute und in Zukunft kann sich nur übernational verwirklichen, in unserem Fall – im Rahmen der Europäischen Gemeinschaft.

Ich sage dies und verneige mich vor den Opfern des Zweiten Weltkrieges, vor den 60 Millionen Kriegsopfern, die oft namenlos irgendwo ruhen. Die Mutter Erde wird sie alle ewig beschützen. Vielleicht liegt hier ein zusätzlicher und wichtiger Grund vor, die Mutter Erde zu pflegen, um sie zu retten.

Europäische Integration und Klimaschutz

Ich denke, es gibt nichts Wichtigeres als diese zwei Aufgaben, welche uns Europäern bevorstehen: Vertiefung der europäischen Integration – für den Frieden, Klimaschutz – für unsere Existenz.

Ich glaube daran, dass Europa unsere Zukunft ist – und Nationalismen von gestern sind.

Ich glaube an die deutsch-polnische Versöhnung. Ich glaube an die Freundschaft zwischen Polen und Deutschland, zwischen Polen und Deutschen. Das sage ich heute hier als ein polnischer Europäer, als ein Breslauer. Das sage ich heute hier als ein Berliner.

„Europa ist unsere Zukunft. Nationalismen sind von gestern"

Dankesrede von Dr. Rafał Dutkiewicz bei der Verleihung des Erich-Kästner-Preises auf Schloss Albrechtsberg im Jahre 2016

Von drei Seiten gibt es Bedrohungen für die Einheit und Zukunft Europas: Sie kommen aus dem Osten auf uns zu, aus dem Süden, aber sie kommen auch von uns selbst. Die erste dieser Bedrohungen heißt Putin. Der Herrscher von Russland, der sich bereits einen Teil der Ukraine einverleibt hat, träumt, so scheint mir, von weiteren Annexionen und scheut auch nicht vor dem Gedanken an Krieg zurück. Dieser Krieg könnte das Ausmaß eines Weltkriegs annehmen.

Die zweite Bedrohung ist anderer Art. Sie wurde auch aus anderen Gedanken und Sehnsüchten heraus geboren. Sie ist eher eine Herausforderung als eine Gefahr und entspringt dem Wunsch nach Sicherheit und Wohlstand. Dieser Wunsch führt die Flüchtlinge, die aus dem Süden nach Europa strömen, in eine Zone der Sicherheit (so schien es uns lange) und des Wohlstands. Trotz der beeindruckenden deutschen Antwort auf die Bedürfnisse der Flüchtlinge, betone ich deutlich und ohne jegliche Ironie: Europa muss heute zwei parallele Prozesse gestalten. Es muss Flüchtlinge aufnehmen, aber dabei Tempo und Zahl des Zuflusses kontrollieren und begrenzen; Vor allem aber muss es ein Hilfsprogramm für den zivilisatorischen Fortschritt in den Gebieten aufbauen und unterstützen, die die Flüchtlinge derzeit verlassen wollen bzw. müssen.

Die dritte Bedrohung schließlich ist eine interne Bedrohung, die verschiedene Bereiche umfasst: europäische Terroranschläge – was wir bitte nicht mit dem Zustrom von Flüchtlingen verbinden wollen – die seltsame Renaissance nationalistischer Bewegungen und das mit diesen Fragen verbundene Schwanken der Demokratie, aber auch das Abbremsen des europäischen Einigungsprozesses.

Ich wurde 1959 geboren. Keine fünfzehn Jahre nach dem Ende des Zweiten Weltkriegs. Meine Jugend war dennoch von ständiger Reflexion über die Ereignisse und die grausame Bedeutung des größten und tragischsten Krieges in der Menschheitsgeschichte geprägt.

Als ich in den sechziger Jahren des vergangenen Jahrhunderts aus meinem abgelegenen Heimatort in die Stadt kam, die ich heute leite – nach Breslau – habe ich dort in Breslau die Überbleibsel des Kriegsendes vorgefunden – klaffende Lücken im städtischen Organismus, Ruinen und leeren Raum.

Ich erzähle von den Kriegszerstörungen einer Stadtlandschaft, die ich noch selbst gesehen habe, weil ich bereits fast sechzig Jahre alt bin. Vielleicht sollte ich von anderen Zerstörungen berichten, die damit verbunden sind, dass in Breslau, meiner Stadt, gerade wegen des Krieges ein hundertprozentiger Bevölkerungsaustausch stattgefunden hat. Kein 50prozentiger, kein 80prozentiger. Ein hundertprozentiger.

Im Europa der Nachkriegszeit dachte man darüber nach, wie man unseren Kontinent gestalten müsse, damit die Kriegstragödie nicht wiederkehre, und griff dabei auf frühere philosophische Strömungen zurück: den christlichen Existentialismus und den Personalismus. Das ist das Fundament der Haltung der berühmten Gründerväter Europas. Das ist auch die Grundlage der europäischen Einigung. Sie wurde auch in Breslau mitgeschaffen.

In der Zeit, als ich als Kind nach Breslau kam, das voller Ruinen und Erinnerungen an den Zweiten Weltkrieg war, in den 1960er Jahren, schrieb der Bischof von Breslau, Kardinal Kominek, den berühmten Hirtenbrief der polnischen Bischöfe an die deutschen Bischöfe, der jenen wunderbaren Satz enthielt: „Wir vergeben und bitten um Vergebung". Als er ein Jahr später, 1966, gefragt wurde, warum er einen solchen Brief verfasst habe, antwortete er:

Die Sprechweise kann nicht nationalistisch sein, sondern muss europäisch in der tiefgreifendsten Bedeutung dieses Wortes sein. Europa ist die Zukunft – Nationalismen sind von gestern. (…) Eine Vertiefung der Diskussion darüber, eine föderative Lösung für alle Völker Europas zu schaffen, u.a. durch schrittweisen Verzicht auf die nationale Souveränität in Fragen der Sicherheit, der Wirtschaft und der Außenpolitik (ist außergewöhnlich wichtig) …

Genau mit diesem Gedanken bin ich heute hierhergekommen. „Europa ist unsere Zukunft – Nationalismen sind von gestern." Nur so, nur durch eine solche Denkweise kommen wir mit den Bedrohungen und Herausforderungen zurecht, von denen ich eingangs gesprochen habe.

Ich will keine Katastrophen-Visionen erschaffen. Allerdings will ich deutlich sagen, dass imperialistische und nationalistische Ressentiments eine große Bedrohung für Frieden und Demokratie darstellen. Ich habe noch das vom Krieg zerstörte Breslau-Wrocław in Erinnerung. Breslau heute, die Stadt, aus der ich hierher gekommen bin, ist eine andere, eine blühende Stadt. Offen und europäisch.

Eine solche blühende Gegenwart und Zukunft wollen wir. Eine gute. Die sich an die helle Seite des Menschen erinnert. Europa ist unsere Zukunft. Nationalismen sind von gestern. Ich möchte mich dafür bedanken, dass mir ein so wunderbarer und schöner Preis verliehen wird.

Wenn ich die Augen schließe und träume, träume ich von Breslau und von meiner Geburtsstadt. Manchmal träume ich auch von meinen deutschen Lieblingsgegenden. Vom Schwarzwald, von Berlin, von Dresden. Dresden war die erste deutsche Stadt, die ich, noch zu DDR-Zeiten, besucht habe. Meine Mutter kaufte sich damals ein elegantes Kleid, um beim Besuch im Zwinger schick auszusehen. Mein Bruder und ich träumten davon, zum Karl-May-Museum nach Radebeul zu fahren.

Ich wünsche Ihnen, dass Ihre guten und klaren Träume wahr werden.

Vielen Dank!

Der Erich Kästner-Preis wird jährlich vom Presseclub Dresden e. V. an eine Persönlichkeit vergeben, die sich in hervorragender Weise um Toleranz, Humanität und Völkerverständigung verdient gemacht hat. Er ist nach dem deutschen Schriftsteller Erich Kästner benannt, der die ersten zwanzig Jahre seines Lebens in Dresden verbrachte. Der Erich-Kästner-Preis ist mit 10.000 Euro dotiert und wird in einer Feier auf Schloss Albrechtsberg überreicht. Preisträger waren in der Vergangenheit unter anderem Ignatz Bubis, Richard von Weizsäcker, Joachim Gauck, Kurt Biedenkopf und Marion Gräfin Dönhoff.

Positives Festhalten von Gedanken und Emotionen

Laudatio auf Bente Kahan – Preisträgerin des
Brückepreises Görlitz/Zgorzelec 2019
von Dr. Rafał Dutkiewicz

Um die heutige Laudatio zu halten, habe ich endgültig Deutsch gewählt, obwohl ich zuerst – mit Zustimmung der Organisatoren – in Erwägung gezogen habe, Polnisch zu sprechen.

Wegen des Wortes „Begeisterung" habe ich mich für die deutsche Sprache entschieden. Auf Deutsch klingt es ja bedeutend schöner und trifft genau auf Bente Kahan zu. Es bezieht sich nämlich auf Geist, und spricht – meiner Meinung nach – über die Beseelung vom Geist, ich würde sagen, über die Einbeziehung in den geistlichen Raum.

Das polnische Wort „zachwyt" (Begeisterung) lehnt sich in seinem Wortlaut an „chwyt" (fassen/greifen) und sogar an noch mehr an, und zwar wegen der Vorsilbe „za" (griechisch meta, nach). Es ist aber auch schön, da es von einer positiven Festhaltung von Gedanken und Emotionen spricht. Die deutsche „Be**geist**erung" mit „Geist" inmitten gibt jedoch vollkommen und besser mein Verhältnis zu Bente Kahan wieder.

Mein Name ist Bente Kahan. Ich bin in Oslo geboren. Ich bin Jüdin. …

Ich habe eine Aufführung zum Thema Menschenrechte vorbereitet. Dazu sollte jemand eingeladen werden, der darüber erzählen könnte, – mir wurde Olek hergebracht. Durch seine Vermittlung habe ich später die „Solidarność"-Leute kennengelernt. Wie auch Polen. …

Mein Mann konnte jedoch nicht nach Polen zurückkehren, er hatte ein One-Way-Ticket. ...

Das Jahr 1989 hat unser Leben sehr geändert. Olek konnte endlich in sein Heimatland zurückkehren. ...

Die Freiheit liegt nicht darin, dass Du machst, was Du willst, immer gibt es Grenzen. Zum Beispiel: Gegenseitige Achtung. Für die Freiheit muss der Mensch jeden Tag arbeiten.

Wir haben uns im Jahre 1989 kennengelernt, vor dem Breslauer Dom, wo ich mit meinen Freunden Geldspenden für das sich von den Fesseln des Kommunismus befreiende Rumänien gesammelt habe.

In der ganzen Zeit, in der ich Bente kenne, war ich von ihr begeistert. Natürlich mit Zustimmung – sofern ich so sagen darf – des Ehegatten von Bente. Olek ist auch mein Freund. Unsere Freundschaft hat eine noch längere Geschichte, die mit Solidarność und mit dem Kampf um Demokratie verbunden ist.

Wenn ich an Bente denke, so sehe ich eine komplexe und schöne Gestalt. Alle Dimensionen ihrer Arbeit und Tätigkeit sind von der Kunst erfüllt. Auch dann, wenn Bente sich mit den organisatorischen Angelegenheiten befasst, ist sie vor allem eine Künstlerin.

Hochkarätige Künstlerin

Laut Wikipedia wird als *Künstler* eine Person bezeichnet, *die materielle Gegenstände oder immaterielle Werke schafft (ausübt), welche Merkmale eines Kunstwerkes ausweisen.*

Der Unterschied zwischen einem Künstler/Schöpfer und einem Handwerker/ Wiederhersteller liegt darin, dass der Erste seine Werke anhand eigener Konzeption schafft und ihnen einen einzigartigen Charakter gibt. Dadurch sind die Werke berühmter Künstler sofort zu erkennen, ohne ihre Signatur zu finden.

Ich muss aber diese Definition erweitern und so ergänzen, dass es manchmal Menschen gibt, die jede ihrer Tätigkeiten so ausführen, als ob es Kunst wäre.

Es geht nämlich darum, der Wirklichkeit Sinn zu verleihen, was die Grundlage der Menschlichkeit darstellt. Der Mensch ist ein Wesen, das seiner realen oder vorstellbaren Umgebung Sinn verleihen muss, um zu existieren.

Er muss seine aspektbezogene, einseitige und einfache Betrachtung in den Kontext, in eine sehr viel komplexere Perspektive setzen. Unter gleichzeitiger Bezugnahme auf Kausal- und Zweckfragen. Wozu, zu welchem Zweck, warum ...?

Der Künstler ist jemand, der dank seiner Intuition, seiner Begabung und seiner Arbeit an dieser Begabung imstande ist, konstruktive und offene Antworten auf diese Fragen zu erteilen, die manchmal rational, aber ja genauso oft emotional erfasst werden. Gleichzeitig bedeutet die Kunst das Kreisen um den Sinn. Das Kreisen herum, um durch die Schaffung eines Abstands die Komplexität und die Gesamtheit aufzuzeigen.

So ist Bente jeden Tag, bei festlichen Anlässen, in der Arbeit und im Gesang.

Ihre Begabungen für Musik und Schauspielerei sind – dank ihrer harten Arbeit – so schön poliert, dass Bente wirklich ein herrlicher Diamant ist. Jeder, der ihre Bühnenauftritte bewunderte, den Klang ihrer Stimme auf den Konzerten oder eine der zahlreichen von Bente aufgenommenen CDs hörte, muss dies bestätigen.

Wir hatten und wir haben weiterhin eine gemeinsame Leidenschaft, und zwar die Breslauer Synagoge „Zum Weißen Storch". Eine von zwei Breslauer Synagogen, welche den Zweiten Weltkrieg überstanden hat, aber wegen der großen menschlichen Dummheit in den 80er Jahren zur Ruine verkam.

Ich bin sehr glücklich, dass die Stiftung Bente Kahan ein Projekt zur Wiederherstellung der Synagoge entwickelt hat.

Ich bin sehr glücklich, dass wir gemeinsam die Finanzmittel für die Umsetzung dieses Projektes einwerben konnten, und zwar dank der Stadt Breslau und – Achtung! – der norwegischen Unterstützung.

Ich bin sehr dankbar dafür, dass die erneuerte Synagoge auf Initiative von Bente so zahlreiche Funktionen erfüllt, und zwar: sie ist eine Kultstätte, ein Konzertsaal, ein Kultur- und Bildungszentrum sowie eine große touristische Attraktion. Ich möchte Bente auch für die Kleine Synagoge (Schul) und die letztens renovierte Mikwe danken. Die größere der Breslauer Synagogen, unserer Synagogen wurde in der Kristallnacht zerstört.

Ich habe gesagt: „unserer" Synagogen, obwohl ich praktizierender Katholik bin. Ich habe unter anderem dank Bente die Bedeutung der multikulturellen Vergangenheit von Breslau, von Europa verstanden. Ich habe diese Vergangenheit für mich gewonnen. Bente hat dazu beigetragen, dass die Erinnerung an die nicht mehr bestehende Synagoge belebt wurde.

Alljährlicher Schweigemarsch

Die Einführung einer guten Tradition zum Schweigemarsch ist auch Bente zu verdanken. Jedes Jahr am Jahrestag der Reichskristallnacht marschieren die Demonstranten schweigend von der bestehenden zu der zerstörten Synagoge.

Um zu zeigen, dass wir dies in Erinnerung halten, dass wir uns gegen jede Form von Antisemitismus widersetzen, der leider immer wieder auf unserem Kontinent und in unseren Ländern präsent ist. Dass wir uns jeder Form von Nationalismus und Rassismus widersetzen.

Bente Kahan befasst sich mit dem reichen Erbe der jüdischen Kultur in Breslau, indem sie zahlreiche Personen inspiriert, viele andere unterrichtet, und unermüdlich beweist, dass Europa, das sich vereinigende Europa, so wichtige Strömungen präsentiert, die mit der jüdischen Diaspora, mit der Geschichte dieser Diaspora und mit einer der europäischen Sprachen, die Jiddisch heißt, verbunden sind.

Diese Sprache ... wurde auf der Ebene grundlegender gesellschaftlicher Kontakte als Sprache der Einheimischen für den Alltag genutzt (was u.a. Handel ermöglichte), im Bereich der Sitten, Kultur und Religion ... war sie als unverständlich, und dadurch als hermetisch betrachtet, ...

Bente ist Europäerin, par excellence.

Die Gesellschaft zur Verleihung des Brückepreises hat also eine richtige Entscheidung getroffen, Bente Kahan mit diesem Preis auszuzeichnen. Sie ist nämlich Ehrenbürgerin von Breslau, Botschafterin von Breslau, unaufhörliche Brückenbauerin. Zwischen Menschen und Kulturen, zwischen Städten und Nationen, zwischen Vergangenheit und Gegenwart. Sie baut Brücken in die Zukunft.

Die von Bente Kahan gebauten Brücken sind wunderbare Werke, die als Architektur des Geistes fungieren. Daher bin ich von Bente so begeistert. Daher danke ich ihr von ganzem Herzen. Ich gratuliere ihr heute und immer. Amen!

Preisträgerin Bente Kahan
(Foto: J. Gitschmann)

In memoriam Ulf Großmann

Trauerrede von Dr. Rafał Dutkiewicz
am *19. März 2020*

Die Grenze. Eines der wenigen Worte im Deutschen, das aus dem Polnischen entlehnt wurde.

Die Grenze kann festgelegt werden, die Grenze kann erreicht werden, die Grenze kann bewacht werden, die Grenze kann teilen, aber auch verbinden.

Grenzen überschreiten, nach Horizonten suchen, über die Grenzen hinweg verbinden. Das sind allzu positiv gefasste Assoziationen mit dem Begriff „Grenze".

Ulf Großmann
(22. Juli 1957 – 7. Januar 2020)
(Foto: Sächsischer Landtag)

Görlitz ist eine Grenzstadt. Ich hoffe, ich bin fest davon überzeugt, gerade in diesem obigen positiven Sinne.

Lieber Ulf, mein lieber Freund!

Lieber Freund aus Dresden, Weimar, aus Görlitz.

Aus Dresden, wo Du geboren bist,

aus Weimar, wo Du studiert hast,

aus Görlitz, wo Du gelebt und gearbeitet hast.

Aus Dresden, das die Welt der Kultur und Kunst ist,

aus Weimar, das die Welt der Musik, aber auch Demokratie ist,

aus Görlitz, das die Welt der Begegnung ist. Vor allem dank Dir – gilt
es als die Welt der Kultur, Kunst und Musik.

Görlitz ist Sachsen, und gleichzeitig Schlesien.

Du warst wie Görlitz. Ein Sachse und ein Schlesier zugleich. Ebenso
warst Du wie Görlitz, Weimar und Dresden. Und Breslau. So stark
vibrierte in Dir Kunst, bildende Kunst und Musik. Kultur.

Du warst derjenige, der die kulturellen, regionalen, nationalen Grenzen überschritten hat. Du hast sie überquert, um zu verbinden, um
weiter zu greifen. Um noch stärker, mehr und besser zu sein. Um
immer echt für andere zu sein.

Heute spreche ich von diesem Ort zu Dir, und ich bin mir dessen
ganz bewusst, dass Du – im besten Sinne des Wortes – die letzte und
die wichtigste Grenze überschritten hast.

Wo bist Du, mein Freund?

Bist Du da, mein Freund?

Wo bist Du? Immer wenn ich in Görlitz eintraf, warst Du hier. Wo bist
Du gerade jetzt?

Bist Du jetzt?

In unserer christlichen Behandlung der Wirklichkeit stoßen wir auf
ein Problem, das nicht leicht zu lösen, zu verstehen ist. Wir glauben
doch, dass die Menschen, die davongegangen sind, weiter existieren.

Weißt Du, Ulf, wenn ich auf Deine Familie, Deine Frau und Deine Kinder blicke, und wenn ich meine Augen schließe, und Dich sehe, so denke ich, dass es nicht so schwierig ist.

Lieber Ulf, ich weiß doch, dass es Dich gibt. Auch jetzt, auch hier.

Aber vor allem über das Jetzt und über das Hier.

Ich sehe Dich an und denke: Du hattest Glück, gut zu leben. Jetzt hast Du Glück, über die Grenzen zu leben.

Du bist im Paradies-Sachsen, im Paradies-Schlesien. Du bist ein Pole, ein Deutscher, ein Europäer. Du bist ein Breslauer. Du bist Bürger der Stadt Weimar.

Lieber Ulf, ich habe ein sehr starkes Gefühl, dass Du mich jeden Tag begleitest. Ich möchte Dir dafür danken.

Erinnerst Du dich an Deinen letzten Urlaub in Ostpolen? An unsere Korrespondenz darüber?

Erinnerst Du dich vielleicht an unser letztes Treffen? Bei Dir zu Hause. Wir haben Deine Papageien, Deine Kinderwagensammlung und vor allem Deine Kunstsammlung bewundert.

Du weißt, ich bin manchmal frech. Frecherweise werde ich also sagen: Ich habe schon viel gesehen. Fast nie habe ich so eine schöne und raffinierte Sammlung kleiner Kunstwerke gesehen: Malerei-Miniaturen, Mini-Skulpturen und Installationen.

Als Du uns, meine Frau und mich in Deinem Haus herumführtest, hatte ich das Gefühl, als würde ich über dem Boden schweben. Wie im Paradies. Ich konnte damals nicht ahnen, dass Du eben auf dem Wege zu diesem Raum bist.

Lieber Ulf, mein bester Freund!

Verzeih mir bitte, dass ich nicht immer genügend Zeit für Dich hatte.

Nimm bitte meinen Dank für alles an, was Du für uns: die Breslauer, die Schlesier, die Polen, die Sachsen und die Deutschen, getan hast.

Nimm bitte meinen Dank für unsere Freundschaft an.

Ich sehe Dich mit einem Hut, wie Du im Garten der Ewigkeit herumläufst. Ich sehe Dein Lächeln, mit dem Du das Zeitliche ermunterst.

Ich danke Dir, mein Freund. Mein Freund aus Schlesien und Sachsen.

Das Wort „Grenze" stammt aus dem Polnischen und kann somit für Aussöhnung zwischen den Polen und den Deutschen eingesetzt werden.

Lieber Ulf, ich danke Dir, dass es Dich gegeben hat, dass es Dich gibt.

Sei! Sei mit uns!

Ulf Wolfram Großmann (* 22. Juli 1957 in Dresden; † 7. Januar 2020) wuchs in Dresden auf und legte dort 1976 das Abitur ab. Von 1978 bis 1982 studierte er an der Hochschule für Musik Franz Liszt Weimar und schloss als Diplomlehrer für Musikerziehung ab. Bis 1990 war Ulf Großmann als Musiklehrer und Chorleiter tätig. Während der friedlichen Revolution 1989 in der DDR engagierte sich das Mitglied der CDU aktiv und wirkte am Runden Tisch der Stadt Görlitz mit. Er war seit den 1990er Jahren langjähriger Kulturbürgermeister in Görlitz und ab 2011 Präsident der Kulturstiftung des Freistaates Sachsen. Der Katholik Ulf Großmann war seit 1980 verheiratet und hatte sechs Kinder. Er lebte in Markersdorf bei Görlitz.

Inhaltsverzeichnis

Rafał Dutkiewicz
im Gespräch

Oberbürgermeister Rafał Dutkiewicz